DIÉGO DE CADIX

Frère-Mineur Capucin

Béatifié par N. S. P. le Pape LÉON XIII

LE 22 AVRIL 1894

TRIDUUM SOLENNEL

CÉLÉBRÉ PAR LES RELIGIEUX DE LA PROVINCE DE PARIS

Se vend au profit de l'École séraphique de Breust.

Prix, 1 fr. ; *franco*, 1 fr. **30**

DÉPOT A VERSAILLES : 1, BOULEVARD DE LA REINE

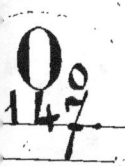

DIÉGO DE CADIX

Frère-Mineur Capucin

Béatifié par N. S. P. le Pape LÉON XIII

LE 22 AVRIL 1894

TRIDUUM SOLENNEL

CÉLÉBRÉ PAR LES RELIGIEUX DE LA PROVINCE DE PARIS

Se vend au profit de l'École séraphique de Breust.

Prix, **1** fr.; *franco,* **1** fr. **30**

DÉPOT A VERSAILLES : 4, BOULEVARD DE LA REINE

Droits de traduction et de reproduction réservés.

IMPRIMATUR

Versailles, 3 mars 1895.

Fr. Timothée de Puyloubier, O. M. C. *Min. Prov.*

PRÉFACE

Dans toutes les villes où nous avons des couvents, le triduum du bienheureux Diégo de Cadix a produit un grand mouvement religieux, on peut même dire, un véritable enthousiasme. Chaque cité lui a imprimé sa physionomie propre, en harmonie avec le caractère des habitants; partout il a été un triomphe incomparable pour la religion. Au sortir des exercices, ce n'était qu'un cri : « Quelles fêtes ravissantes! Quelles heures de Paradis! »

Oui, c'était une heure de paradis au milieu des tristesses de l'exil, un rayon de soleil au milieu des pâles hivers de notre existence, un de ces moments qu'on voudrait pouvoir éterniser. Le mérite principal en revient à l'orateur, dont la parole chaude, éloquente, imagée, faisait si bien revivre sous nos yeux la radieuse figure de l'apôtre espagnol. La richesse des décorations, la splendeur des cérémonies, l'enthousiasme de nos fils les tertiaires, les ardentes sympathies de nos bienfaiteurs ont fait le reste. Fêtes qui n'ont laissé dans nos cœurs que de saines et fortifiantes impressions! Fêtes qui nous inspirent, pour l'avenir, de légitimes espérances! Car, il ne s'agissait pas ici d'une gloire nationale, et le nom du héros n'était mêlé à aucune de nos victoires ou de nos revendications nationales. La beauté d'une âme faite de pureté et d'amour était la seule attraction, elle a suffi. Nos catholiques ont prouvé que, pour la sainteté, il n'y avait pas de Pyrénées et qu'ils savaient admirer, toujours et partout, sans égard à la nationalité, les merveilles de la grâce dans les âmes.

Les fêtes sont terminées, dans la province de Paris. Demain, elles ne seront plus qu'un écho; demain, elles ne seront plus qu'un délicieux souvenir. « Mais ne pourrait-on pas fixer ce souvenir, retenir cet écho? » nous disaient de vénérés pontifes, dont la bienveillante protection est pour l'Ordre une récompense autant qu'un appui. Leur désir était trop légitime pour n'y pas faire droit. Le présent volume est notre réponse.

D'autres motifs nous ont déterminé à entreprendre l'impression de cet ouvrage. Par là, nous avons voulu dédommager nos amis, absents ou malades, du regret qu'ils nous manifestaient de n'avoir pu ni entendre l'éloquent panégyriste ni contempler la splendeur de nos cérémonies. Nous avons voulu aller plus loin encore, placer devant les yeux de nos contemporains l'idéal de la perfection et susciter au bienheureux Diégo, moins encore des admirateurs que de généreux imitateurs. Marcher sur les traces des Saints, n'est-ce pas la meilleure manière de les louer?

Pour que l'ouvrage présentât un ensemble assez complet, — en attendant la vie détaillée du Bienheureux, — nous l'avons divisé en trois parties :

I. — Notice historique sur l'illustre Capucin.

II. — Comptes rendus des couvents de la province de Paris.

III. — Discours du R. P. Léon de Nantes.

Plusieurs auteurs ont apporté leur pierre de choix au monument littéraire que nous érigeons au nouvel élu de Dieu; tous n'ont qu'un seul but : rendre gloire au Seigneur et le bénir de nous avoir donné un protecteur de plus au ciel.

Fr. LÉOPOLD DE CHÉRANCÉ,
Miss. Cap.

Nantes, 5 mars 1895.

I

NOTICE HISTORIQUE

SUR LE BIENHEUREUX DIÉGO DE CADIX

Le bienheureux Diégo de Cadix est une des gloires de l'Espagne moderne, en même temps qu'une des illustrations de cet Ordre séraphique si fécond en apôtres et en saints. Il est peu d'hommes qui aient été honorés de distinctions plus variées et plus flatteuses. Les rois, les grandes cités, les chapitres des cathédrales, accumulaient à l'envi sur la tête de l'humble moine les titres et les dignités. Grand d'Espagne de première classe, aumônier des armées de terre et de mer, conseiller privé du roi et prédicateur honoraire de la cour, préfet du Conseil royal de Naples et de Lisbonne, alcade des municipalités de Cordoue, Valence, Séville, Ronda, docteur ès-lettres, en théologie et en droit canon, de l'Université de Grenade, conseiller perpétuel aux facultés de médecine et de jurisprudence d'Orihuéla et d'Oviédo : tous les honneurs étaient venus au-devant de lui, sans qu'il les eût jamais sollicités.

Et cependant son nom était absolument inconnu en France, jusqu'à ce que Léon XIII l'inscrivit dans les diptyques sacrés. Mais l'Église veillait sur ses cendres; elle les a exhumées de la poussière et placées sur ses autels, et déjà le nom du bienheureux Diégo a retenti d'une extrémité à l'autre de l'univers. Toutes les nations, à l'envi de l'Espagne, publieront ses louanges et imploreront avec confiance l'assistance du nouvel élu. La France ne veut pas être la dernière.

Obligé de nous borner et de ne tracer qu'une esquisse, nous allons étudier, dans ce noble fils de l'Espagne : 1° le grand missionnaire ; 2° les dons surnaturels ; 3° les vertus.

1° *Le grand missionnaire.*

Le Bienheureux naquit à Cadix, le 29 mars 1743, d'une famille noble, des plus considérables de la péninsule. Son père s'appelait don Joseph Lopez Caamagno Texeiro Ulloa de Balcellos, et sa mère, dona Marie Garcia-Pérez de Rendon. On lui imposa au baptème le nom de Joseph-François. Jeune encore, à neuf ans, il perdit sa mère, et sans comprendre toute l'étendue d'un pareil deuil, il en ressentit une profonde douleur.

Ses premières années s'écoulèrent à Ubrique, où se trouvaient le vieux manoir et le patrimoine de ses aïeux. Vers l'âge de dix ans, don Lopez, voulant lui faire donner une éducation en rapport avec son rang, l'envoya au collège de Ronda, tenu par les Dominicains. Mais le succès fut loin de répondre aux espérances paternelles. Les maîtres du jeune Joseph-François, voyant qu'il ne faisait aucun progrès dans les sciences, en avertirent consciencieusement son père : « Votre fils, lui dirent-ils, a peut-être des chances de réussir dans les arts ou dans l'armée ; mais à coup sûr il n'est pas fait pour les belles-lettres ! » Il fallut quitter Ronda et revenir au toit paternel. L'épreuve était dure pour le père, dont les rêves d'avenir s'évanouissaient en un instant, et pour l'adolescent qui ne se sentait de vocation ni pour la solitude des cloitres ni pour le tumulte des camps. Mais l'un et l'autre avaient une grande foi ; ils s'abandonnèrent à la volonté de Dieu, qui ne tarda pas à se manisfester, nous allons voir avec quel éclat.

Joseph-François venait d'entrer dans sa quatorzième année. Animé d'une piété franche et sincère, il fréquentait le couvent des Capucins d'Ubrique, et trouvait dans la conversation de ces religieux un aliment à ses pensées de vie sérieuse et détachée. Un matin, pendant qu'il assistait à leur office, il fut tout à coup transporté dans un monde idéal dont les splendeurs le jetèrent hors de lui-mème. Une lueur surnaturelle remplissait le sanctuaire ; les anges, vètus de la bure franciscaine, entouraient l'autel ; leur voix harmonieuse se faisait entendre. « Viens et sois des nôtres », disaient-ils au pieux adolescent. La chapelle était devenue le vestibule du paradis, et toutes les joies du ciel envahissaient l'âme du saint jeune homme. Les chérubins versaient dans son esprit leur science et leurs lumières, et les séraphins, leurs brûlantes ardeurs (1).

C'est la première communication surnaturelle dont le fils des Lopez fut favorisé ; elle fut décisive pour son avenir. Il en sortit transformé. Ce jeune homme qu'on avait déclaré dénué de tout talent, n'était plus le même, depuis qu'il avait été touché par la main des anges. Science infuse, mémoire prodigieuse, certitude de sa vocation, tous les dons de l'Esprit-Saint resplendissaient à

1. *Vita del B. Diego*, per il P. Paolo dalla Pieve, p. 19.

la fois dans son âme. A partir de cette heure, tout est beau, tout est merveilleux dans son existence.

L'Ordre de saint François lui avait été montré, dans sa vision, comme le miroir de la perfection. Aussi profita-t-il de la présence du Provincial des Capucins à Cadix pour solliciter, malgré son extrême jeunesse, l'honneur d'être admis au noviciat. Le Provincial tint à l'éprouver lui-même et à examiner sa vocation. Il fut tellement stupéfait de la lucidité et de la profondeur de ses réponses, qu'il n'hésita pas à l'envoyer immédiatement au noviciat de Séville.

C'est dans cette dernière ville, le 15 novembre 1757, que Joseph-François revêtit les livrées du Poverello d'Assise, sous le nom de Diégo-Joseph, et qu'il consacra à Dieu la fleur de ses quinze ans. Ordonné prêtre dix ans après, le 13 juin, il se releva de l'imposition des mains rempli d'une invincible ardeur pour cet apostolat auquel il allait vouer le reste de son existence.

Les temps étaient difficiles. C'était le siècle de Voltaire, l'heure des triomphes de Pombal, une de ces heures de ténèbres où le mal prévaut sur la terre. Le bienheureux Diégo contemplait, l'âme navrée, les progrès du rationalisme, c'est-à-dire de la débauche et de l'impiété, et il suppliait le divin Rédempteur d'avoir pitié de la vieille Europe et de l'arracher au flot, toujours grossissant, de l'erreur et de la corruption. Il était loin de se douter qu'il était lui-même la pierre choisie d'en haut qui devait, en Espagne, servir de digue aux envahissements du rationalisme voltairien. Toujours humble et modeste, il n'aspirait qu'à se dévouer sans bruit au salut des âmes. Prêcher aux déshérités de la terre, consoler ceux qui souffrent, parcourir les bourgades ignorées, faisait l'objet de ses plus ardentes aspirations. Ses supérieurs en jugèrent autrement. Ils estimèrent qu'un zèle si pur dans son origine et ses motifs ne devait pas se restreindre à une classe de la société, mais s'étendre à toute la péninsule, à toutes les misères morales, à toutes les calamités publiques, et ils octroyèrent au jeune prédicateur, dès ses débuts (tant ils avaient confiance dans ses mérites), le titre et les pouvoirs de missionnaire apostolique. Et comme il était saisi d'une religieuse terreur, en présence des responsabilités d'une pareille charge, les saints Apôtres Pierre et Paul lui apparurent et lui dirent, en confirmant le jugement de son Provincial : « Ne crains rien ; va et prêche. La moisson est abondante, mais les ouvriers sont peu nombreux ; et nous, apôtres de la première heure, nous avons supplié le Père céleste de donner au monde vieillissant un apôtre semblable à nous, et c'est toi qui es l'élu de sa grâce. »

« Ils me mirent dans les mains un livre et un bâton, ajoutait le

Bienheureux en racontant cette vision, me saluèrent du doux nom de frère et remontèrent au séjour de l'éternelle béatitude (1). »

Le bienheureux Diégo fut, en effet, l'apôtre de l'Espagne au XVIIIe siècle, le secours que la Providence envoyait à cette nation, si profondément catholique, pour la mettre à l'abri des doctrines et des fureurs de la Révolution. Il parcourut les unes après les autres toutes les villes de la péninsule, pour les remuer et les transfigurer. C'était un autre saint Antoine de Padoue semant les miracles et les bienfaits sur ses pas.

Nous ne le suivrons pas dans le cours de ces incessantes et fructueuses pérégrinations. Nous nous contenterons d'en noter quelques incidents de nature à édifier nos lecteurs.

Un jour que le Bienheureux prêchait dans la chapelle des Capucins, à Ubrique, une petite fille qui se tenait sur les genoux de sa mère, s'écria tout à coup : « Maman, vois-tu une colombe sur les épaules du P. Diégo? »

Même prodige à Gausin. « A la place du P. Diégo, disait naïvement un des auditeurs, je prêcherais encore. Une colombe lui suggère tout ce qu'il doit dire. »

La colombe est devenue, dans les arts, la caractéristique de notre héros.

Un dominicain, le P. Guerrero, entendant parler des succès du célèbre prédicateur, se demanda si c'était bien le fils des Lopez, ce même condisciple dont il avait autrefois remarqué le peu de talent et qu'on appelait alors l'âne muet. Il voulut s'en assurer, alla l'écouter et, après le sermon, lui prodigua ses marques de contentement avec ses plus chaudes félicitations. « Cher condisciple, lui répondit l'homme de Dieu confus de tant d'éloges, tu le vois, il n'y a rien de moi en tout cela. C'est l'œuvre du Très-Haut, qui a choisi ce qui n'est rien, pour mieux faire éclater sa puissance. »

2° *Les dons surnaturels.*

Nous venons de considérer l'apôtre, l'origine surnaturelle de sa vocation et les incroyables succès qui couronnèrent ses efforts. Il nous reste à chercher la cause de ces triomphes et à redire comment il devint l'homme providentiel, le sauveur de l'Espagne au XVIIIe siècle.

On sait quel était alors l'état calamiteux de l'Église. L'Évangile était bafoué ; le philosophisme régnait en maître, et le rire de Voltaire démolissait les uns après les autres tous les dogmes révélés. Le moment était proche où l'édifice social, sapé par la

1. *Vita del B. Diego*, p. 42.

base, allait s'effondrer, ne plus montrer aux peuples épouvantés qu'un amas de ruines et leur faire toucher du doigt les fatales conséquences du philosophisme voltairien. Le culte de la déesse Raison substitué au sacrifice mystique et pur de l'Homme-Dieu, les autels renversés, les prêtres égorgés, le roi montant à l'échafaud, le carnage et la terreur, voilà les œuvres du philosophisme. Voltaire, s'il eût vécu, aurait pu dire : « C'est moi qui les ai inspirées. »

Il fallait mettre l'Espagne à l'abri de pareilles doctrines, lui garder ses antiques et chrétiennes institutions et lui faire aimer ce divin code de l'Évangile dont les nations, pas plus que les individus, ne se passent jamais impunément. Il lui fallait un apôtre capable de prédire à l'avance les désastres préparés par l'Encyclopédie incroyante ; en un mot, il lui fallait un sauveur. Et ce sauveur, c'est le bienheureux Diégo.

Il fut prévenu, dès les débuts de son apostolat, des desseins de Dieu sur lui. Un jour qu'il se rendait d'Ubrique à Xérès, il rencontra en chemin trois vierges radieuses de jeunesse et de beauté, mais aux yeux voilés par les larmes, aux vêtements déchirés, aux pieds déchaux, et portant un lourd fardeau sur la tête. « Le Seigneur soit avec vous, mon frère ! » lui dit l'une d'elles d'un ton affectueux. Puis elles disparurent et laissèrent le missionnaire tout anxieux. « Que signifie cette vision ? » se demandait-il en lui-même. Au milieu de ses perplexités, il eut recours à Celui qui députe ainsi ses anges vers la créature, et le supplia de lui expliquer le mystère de cette apparition. Sa prière fut exaucée, et le Seigneur lui-même daigna lui dévoiler le sens symbolique de la vision. « Les trois vierges représentent les trois vœux monastiques ; les vêtements déchirés, les abus introduits dans les cloîtres ; le fardeau, la sanglante persécution qui va fondre sur l'Europe. Et c'est toi que je charge de restituer aux Ordres religieux leur beauté primitive, et d'arracher l'Espagne aux influences pestilentielles de l'impiété. » Et en l'investissant de cette mission providentielle, le Sauveur versait dans son âme les plus précieux trésors du ciel, l'esprit de prophétie, le discernement des cœurs et le don des miracles, complétant ainsi les faveurs précédemment accordées.

Ce ne sont pas là de vains rêves, et les faits répondent trop bien aux promesses pour n'y pas voir, plus ou moins transparente, l'action de Celui qui gouverne l'univers. Citons quelques exemples, et de préférence les prédictions qui mettent en lumière les vues surnaturelles de notre Bienheureux.

Un des neveux du cardinal Delgado était incertain de sa vocation. « Plus d'hésitation ! lui dit l'humble Capucin. Embras-

sez l'état ecclésiastique; car celui qui est destiné à perpétuer
le sacerdoce, doit d'abord lui-même être ordonné. » Ce jeune
homme fut, en effet, plus tard, promu à l'épiscopat.

Étant à Séville, Diégo fut invité par une dame de qualité à
baptiser son enfant dès qu'il viendrait au monde. « J'irai, répon-
dit-il, et vous donnerez au nouveau-né le nom de Marie de la
Paix. » La mère donna le jour, en effet, à une fille qui porta le
nom que le Bienheureux avait choisi.

Dans une autre circonstance, il dit à une jeune fille qui lui
exprimait sa volonté bien arrêtée de se consacrer à Dieu : « Non,
vous ne serez pas religieuse. Vous entrerez, mais vous ne ferez
pas profession. » La jeune fille protesta sur le moment avec une
grande vivacité; mais ce qu'avait prédit le missionnaire arriva.
Elle ne persévéra pas dans la vocation religieuse et rentra dans
le siècle.

Il semblait que l'avenir n'eût pas de secrets pour le serviteur
de Dieu. Un jour que le Fr. Louis d'Ubrique lui présentait trois
adolescents qui désiraient lui baiser la main, il les combla de
ses caresses et de ses bénédictions, et, posant la main sur la tête
de deux d'entre eux, il ajouta d'un ton joyeux : « Quels bons
prêtres vous m'amenez là! » Et, en effet, ces deux jeunes gens,
admis plus tard aux ordres sacrés, devinrent des prêtres
exemplaires, pendant que le troisième restait dans le siècle et se
mariait.

A Séville, l'intrépide missionnaire avait réussi, de concert avec
l'archevêque qui gouvernait ce diocèse, à fermer les théâtres et
les lieux de divertissements, qui se changent trop souvent en
lieux de débauche et de perversion morale ; mais son triomphe
avait été de courte durée. Les hommes de plaisir complotèrent
de rouvrir le théâtre, et firent jouer, pour attirer la foule, une de
ces pièces tapageuses qui, alors comme aujourd'hui, introduisaient
le prêtre sur la scène pour le piétiner. Désolé, le Bienheureux
n'écouta que son zèle et s'écria dans un de ses sermons : « Vous
avez ri de l'honneur du sacerdoce! Vous avez applaudi aux
outrages qui s'adressent à la robe du prêtre et du moine!
Malheureux! il viendra des jours, et ils ne sont pas éloignés, où
vous appellerez le prêtre près de votre couche, et le prêtre ne
viendra pas! O Séville, quel terrible châtiment t'est réservé! »
Les beaux esprits de la ville, apprenant cette prédiction, se
mirent à sourire. Cependant elle s'accomplit, et, peu de temps
après, Séville fut décimée par la peste, sans que le clergé pût
suffire à porter aux mourants les secours de la religion.

Mêmes avertissements, même prophétie à Malaga, en 1796.
« O Malaga, cité que j'aime, quel fléau va fondre sur toi, en

punition de tes désordres et de ton mépris pour le décalogue! »
Sept ans après, une épidémie soudaine envahit la ville impéni-
tente et emporta, dans l'espace de quelques mois, plus de trente
mille hommes. Aux éclairs de la justice divine, les habitants
rentrèrent en eux-mêmes, et Malaga, comme l'ancienne Ninive,
fit pénitence dans le cilice et la cendre.

Le Bienheureux fut témoin des horreurs de la Révolution.
Aussi avec quelle énergie il la dénonçait à l'exécration de l'univers! Avec quel soin il en dévoilait les causes, l'oubli de Dieu,
la passion du luxe, les folies du philosophisme pervertissant les
esprits, et les haines d'une secte maudite et cachée qui commen-
çait à se montrer, la franc-maçonnerie! Si l'Espagne résista aux
envahissements de la Révolution, elle le doit en grande partie au
zèle clairvoyant et courageux du bienheureux Diégo. Il aimait
tant l'Église! Il aimait tant sa patrie!

Inutile d'insister plus longuement sur les phénomènes surnaturels qui abondent dans le cours de son existence. Nous en
avons dit assez pour expliquer le prestige de sa parole et sa
profonde influence sur l'Espagne du xviiie siècle. Il est temps
d'étudier une autre partie plus importante encore, ses vertus,
car, ce qui fait le mérite des Saints, ce ne sont pas les visions,
ni les prophéties, ni les miracles, ni rien de cette auréole gra-
tuite qui brille à leur front, mais leurs œuvres, leurs sacrifices
et l'intensité d'une charité poussée jusqu'aux dernières limites
de l'héroïsme.

3° *Les vertus.*

« L'âme d'un Saint est tout un monde », disait sainte Thérèse :
tout un monde de saintes affections, de sacrifices et de dévouements où la nature est immolée et la grâce victorieuse, mais un
monde qui nous échappe en grande partie. Nous n'en connaissons que ce que l'humilité n'a pu cacher au regard des mortels.
C'est peu, mais ces quelques éclairs, ces quelques rayonnements
de la grâce, nous offrent tant d'intérêt et nous apportent tant
d'édification, qu'ils méritent de fixer notre attention, surtout
quand il s'agit d'un apôtre tel que le bienheureux Diégo. Péné-
trons dans l'intérieur de son âme, et nous y verrons resplendir
toutes les vertus, l'humilité, l'esprit de foi, l'obéissance, l'amour
de Dieu et le zèle des âmes.

Humble, il l'était jusqu'au mépris de lui-même. « Si les
hommes pouvaient lire dans mon intérieur, écrivait-il à un de
ses amis, ils verraient que je suis le plus misérable des pécheurs. » Les honneurs et la gloire vinrent au-devant de lui. Il

ne les avait point cherchés; il ne les repoussa point. Les appréciant à leur juste valeur et sachant que les louanges sont par elles-mêmes un retentissement inutile, et les hommages un décor d'un instant, il faisait remonter les unes et les autres vers le trône du Monarque invisible des cieux, et ne gardait pour lui que les humiliations. « Pourquoi tant de vent, disait-il, pour si peu de poussière? » Et une autre fois : « On me regarde comme un grand savant. Quelle dérision! Petit enfant, on m'appelait un âne ; mes condisciples et mes professeurs eux-mêmes me le répétaient souvent. La même épithète me convient toujours parfaitement. »

Attaché à l'Église et à ses enseignements, il l'était par toutes les fibres de son cœur. « Si j'avais mille vies, écrivait-il à son directeur spirituel, je les sacrifierais volontiers pour la défense du *Credo* ou de l'Église qui le propose à ma foi ! » La grande plaie de son temps, c'était le rationalisme, ou plutôt le voltairianisme. Pour la guérir, il ne se contentait pas d'attaquer en chaire les écrits des Voltaire et des d'Alembert; il se les faisait apporter, les réunissait et les livrait aux flammes dans un immense auto-dafé : tant il était persuadé de la pernicieuse influence des ouvrages hérétiques ou impies! Autant sa foi était ferme, autant elle était vive et ardente. Elle pénétrait toutes ses œuvres comme toutes ses affections. Dans le prêtre, il voyait le dispensateur des dons de Dieu et lui baisait la main avec respect. Dans le Souverain Pontife, il saluait le pasteur universel des âmes et le Vicaire du Christ. Lorsqu'il apprit la captivité de Pie VI, il se prit à sangloter, et à ceux qui lui demandaient la cause de son chagrin il répondit, les larmes aux yeux : « Eh quoi ! mon Rédempteur est chargé de chaines dans son Vicaire, et je vis encore! Le Pasteur suprême est entouré de loups prêts à le dévorer; s'il meurt, que deviendront les brebis du bercail? Oh ! que ne puis-je souffrir à sa place ou mourir avec lui ! »

Amant du Dieu du Calvaire et du tabernacle, il l'était à l'exemple et presqu'à l'égal du Patriarche séraphique. « Mon cœur est là, disait-il, en montrant le tabernacle ! Mon cœur est là, jour et nuit, malgré mon indifférence et ma lâcheté! » D'autres fois, il s'écriait dans le feu des ravissements divins : « O amour crucifié pour moi, vous êtes ma vie, le centre de mes délices, mon amour, mon tout. Changez tous mes membres en autant de langues, pour que je puisse vous faire connaître, vous faire aimer de tous les hommes! » Quand, à la fin de ses sermons, il baisait son crucifix, il lui adressait des prostestations de fidélité qui tiraient des larmes de tous les yeux. « On ne peut résister à ce Père, déclaraient les pécheurs les plus endurcis, lorsqu'il tient son crucifix à la main. »

Comment un si fervent adorateur du Fils n'eût-il pas aimé la Mère? Il se plaisait à célébrer les éminentes prérogatives de Marie; il exaltait surtout ses deux titres d'Immaculée et de divine Bergère, l'un avec l'école franciscaine, l'autre avec toute l'Espagne. Car il était un grand patriote en même temps qu'un fervent religieux, et ne séparait jamais, dans ses affections, la patrie temporelle de celle qui a son centre à Rome.

Pénitent jusqu'à l'héroïsme, désintéressé, toujours oublieux de lui-même, missionnaire infatigable, il ne se proposait qu'un seul but ; gagner des âmes à Dieu. Pour sauver une âme, il eût traversé les mers et affronté tous les périls. Quand on lui parlait des contradictions soulevées par sa parole : « Qu'est-ce que cela, répliquait-il, en comparaison de ce qu'ont fait et souffert les Saints pour étendre le règne de la vérité? » Lorsqu'on le pressait de prendre un peu de repos : « Eh quoi! répondait-il, l'ennemi égorge les brebis sous nos yeux, et nous, pasteurs, nous jetterions les armes! Nous ne volerions pas au secours de nos frères! Dieu veut que nous consumions nos forces à les défendre, à les arracher au démon, pour les rendre à Celui qui les a rachetées au prix de son sang! »

Il reçut un jour, de ses supérieurs, l'ordre de quitter la ville qu'il venait d'évangéliser, pour se rendre à une autre destination. Les vents soufflaient avec violence, la neige tombait à gros flocons. L'évêque du lieu fit tout pour le retenir. « Que pensera le peuple, lui dit-il, s'il vous voit partir par cette affreuse bourrasque? — Il pensera que je fais un acte d'obéissance », répondit Diégo; et il partit immédiatement.

C'étaient ce grand esprit de foi, ce zèle des âmes, cette mortification et ce dévouement poussés jusqu'à l'héroïsme qui, plus que les miracles et les autres faveurs surnaturelles, frappaient les populations et leur attachaient le célèbre missionnaire. Les vertus ajoutaient à sa parole, à ses conseils, un prestige qu'on subissait volontiers et dont tout le royaume profitait. Aux diocèses qui le demandaient pour évêque, Charles III répondait avec raison : « Non, il ne serait l'évêque que d'un diocèse; il vaut mieux qu'il reste l'évêque de tout le royaume. »

Tel est le héros de sainteté que Léon XIII vient de placer sur les autels. Dieu lui épargna la douleur de voir les luttes de sa patrie contre la Révolution française. Il mourut à l'aurore de notre siècle, au jour qu'il avait lui-même prédit, au milieu de ses courses apostoliques. Il se trouvait alors à Ronda, loin de son couvent, chez un de ses amis, don Emmanuel Moreno. Aux médecins qui prescrivaient les remèdes les plus énergiques pour enrayer le mal, il répondait avec calme : « Messieurs, ne vous inquiétez pas de moi : la dernière maladie est incurable. » Et au Fr. Joseph, son infirmier : « Quel beau jour que celui de l'Incarnation pour entrer au paradis! » Le 24 mars, après avoir reçu les derniers sacrements, il dit au Fr. Joseph : « Merci pour votre dévouement et vos soins empressés! Le Seigneur se charge de vous en récompenser. Dites à mes supérieurs et à mes frères de me pardonner tous mes scandales et de prier pour le repos de mon âme. Et vous, puisque vous représentez ici mes supérieurs, permettez-moi de quitter cet exil et de partir pour la patrie. J'ai fait vœu d'obéissance ; je veux mourir en fils de l'obéissance. Donnez-moi votre bénédiction. »

Peu après, il rendait sa belle âme à Dieu. C'était le 24 mars 1801. Il avait cinquante-huit ans d'âge, et quarante-deux de religion. Ses funérailles furent magnifiques et comme le prélude des honneurs plus excellents que lui réservait la fin du siècle. De nos jours, en effet, le 22 avril 1894, Sa Sainteté Léon XIII inscrivait l'humble Capucin dans les diptyques sacrés et couronnait son front du nimbe d'or des Bienheureux, au milieu de splendeurs que Rome n'avait pas revues depuis 1870.

Laissons un témoin oculaire, le R. P. Edouard d'Alençon, nous faire le récit d'une ovation près de laquelle pâlissent toutes celles de la terre.

« La cérémonie s'est accomplie dans la basilique de Saint-Pierre, revêtant par le fait même un caractère plus grandiose. Il faut avoir vu cette enceinte immense du plus grand temple du monde, remplie de chrétiens en prières ; il faut avoir contemplé la vaste abside resplendissante de lumières suspendues à profusion sous les voûtes, montant le long des piliers, dessinant les arcades, courant sur les corniches, entourant d'une multiple couronne la gloire d'or, au milieu de laquelle apparaissait l'image du Bienheureux, élevé au ciel porté sur les ailes des anges ; ce sont des spectacles que l'on n'oublie plus, quand une fois on en a été le témoin heureux et ému!

« Quand les Éminentissimes Cardinaux composant la Sacrée Congrégation des Rites, suivis des Consulteurs de cette Congrégation, ainsi que le Chapitre de Saint-Pierre et de nombreux Évêques espagnols, eurent pris leurs places dans le chœur, le Postulateur de la cause s'avance vers le Cardinal Préfet, accompagné du Secrétaire de la Congrégation et le prie de bien vouloir ordonner la publication du Bref. Le lecteur désigné monte alors à l'ambon préparé et proclame les Lettres apostoliques. Quand la lecture en est achevée, le voile qui couvrait l'image du Bienheureux s'abaisse ; on expose sa relique sur l'autel, et le *Te Deum* entonné par le célébrant est chanté par le chœur et les assistants. Pendant ce temps, la Postulation offre aux Cardinaux, aux Prélats, aux Chanoines, la vie et une image du Bienheureux. Le chant de l'hymne de l'action de grâces terminé par l'oraison du Bienheureux, la messe pontificale commence. Elle était célébrée par Mgr Jules Lenti, Patriarche de Constantinople, vice-gérant de Rome et Chanoine de Saint-Pierre.

« Un détail que je ne puis omettre : Aux premiers rangs de l'enceinte réservée près de l'autel étaient deux religieuses franciscaines espagnoles, dites Sœurs de charité. L'une était la Sœur Adélaïde Quivoz Herrera qui, en 1861, fut miraculeusement guérie par le bienheureux Diégo de Cadix. Agée alors de vingt et un ans, Sœur Adélaïde, atteinte de phtisie pulmonaire, était désespérée du médecin. On la pressait de se recommander au vénérable serviteur de Dieu et de lui demander sa guérison ; mais la petite Sœur, joyeuse d'aller en paradis, se refusait à guérir. On était au 29 mai, le matin la malade voit apparaître au pied de son lit celui qu'elle ne voulait pas invoquer. Aussitôt après, elle se sent mieux, elle ouvre les yeux, elle voit, elle entend, elle parle, elle peut avaler un peu d'eau. Le 2 juin, elle retombait dans un état pire que le précédent. On avait récité les prières des agonisants ; consciente de ce qui se passait autour d'elle, craignant d'avoir désobéi à sa Supérieure en refusant d'invoquer le vénérable Diégo, Sœur Adélaïde lui demande du fond du cœur de la guérir aussitôt, si elle peut être utile au service des pauvres. Elle se trouvait à ce moment seule dans l'infirmerie ; sa prière achevée, elle descend de son lit, va prendre elle-même un peu d'eau qu'elle boit sans aucune difficulté. Elle venait de se recoucher, quand rentre l'infirmière, à laquelle elle demande ses vêtements pour se lever. Peu après revient le médecin qui l'avait condamnée à ne pas aller jusqu'à midi. Au lieu d'une agonisante, il trouve une religieuse parfaitement bien portante, qui le jour même reprenait la vie commune. Ce miracle, authentiquement constaté, est un des deux qui furent présentés et approuvés pour la béatification de Diégo de Cadix.

« Et elle était là, présente à la glorification de son libérateur, Sœur Adélaïde, témoin vivant et parlant de la puissante intercession du Bienheureux en faveur de ceux qui se recommandent à lui. Avec quelle ferveur elle le priait, quel ravissement peint dans tout son extérieur, pendant que, à genoux, elle entendait lire le décret qui plaçait le bienheureux Diégo de Cadix au rang de ceux que l'Église invoque !

« Trente mille personnes environ assistaient à la cérémonie du matin ; le soir, il y en avait plus de quarante mille, quand le Pape entra dans la basilique pour prier le nouveau Bienheureux. Souvent déjà je vous ai dépeint le cortège pontifical s'avançant au milieu de l'enthousiasme bruyant de la foule, je n'en dirai rien. Dès que le Pape fut agenouillé au prie-Dieu placé devant l'autel, commença la récitation du chapelet. J'étais aussi près que possible du Saint-Père, à quelques pas de lui, derrière les gardes nobles rangés de chaque côté de l'autel; longuement je pus le voir égrenant son chapelet fort simple, dont les grains sombres tachaient de noir la blancheur de ses longs doigts effilés. Le Vicaire du Christ à genoux, immobile, pendant toute la récitation du chapelet, la tête entre ses mains ou le regard fixé sur l'ostensoir pendant la bénédiction du Très Saint Sacrement, c'est encore là une de ces visions qui se gravent dans l'esprit, au milieu du cadre lumineux et resplendissant qui l'entoure. Quand le Pape se lève pour aller au pied de l'autel encenser le Très Saint Sacrement, les gardes nobles présentent les armes, et agenouillé sur le dernier degré, le vieux Pontife élève par un effort énergique l'encensoir d'argent d'où s'échappent en spirales bleuâtres les vapeurs de l'encens. C'est l'Église tout entière qui pèse sur les bras du vieillard et il me semblait le voir l'élever entre ses mains tremblantes et l'offrir à Dieu, le suppliant, par l'intercession du bienheureux Diégo de Cadix, d'agréer les prières des fidèles et de répandre sur eux et leur Pasteur les plus abondantes bénédictions.

« A la fin de la cérémonie, au moment où le Pape quitte le prie-Dieu pour se retirer, le Postulateur de la cause, accompagné du Supérieur général, s'approche pour offrir au Saint-Père la relique du Bienheureux, sa vie et son image imprimée sur soie, ainsi qu'une gerbe de fleurs artificielles. J'avais l'honneur d'être du petit cortège, et comme le Rme Père Général disait brièvement à Sa Sainteté Léon XIII la reconnaissance et la joie de l'Ordre : « Nous nous réjouissons avec vous, répondit le Pontife; imitez les lumineux exemples du bienheureux Diégo de Cadix. » Je pus baiser la main du Souverain Pontife, suprême complément des douces émotions de cette magnifique journée.

« Je mentionnais tout à l'heure, parmi les assistants à la cérémonie du matin, de nombreux Évêques espagnols. Beaucoup en effet avaient accompagné les pèlerins venus en deux groupes, au nombre de près de vingt mille, de tous les points de la catholique Espagne. C'était le pèlerinage ouvrier et populaire dans toute la vérité du mot; ils étaient venus avec leurs costumes simples et pittoresques, coiffés en majeure partie du traditionnel béret et chaussés d'espadrilles. Quelle différence avec l'ouvrier endimanché de nos villes de France, aussi emprunté dans sa redingote que ces bons Espagnols étaient naturels et à l'aise dans leurs vêtements simples. Tout le long du jour on les rencontrait par petits groupes allant visiter les églises; ils avaient l'air chez eux dans les rues de Rome et leur tranquillité a rendu bien inutile l'appel de troupes que le gouvernement avait fait, pour maintenir l'ordre en cas de besoin.

« Venus en deux groupes, ils ont assisté, les premiers à la béatification de Jean d'Avila, un de leurs compatriotes; les seconds à celle du bienheureux Diégo de Cadix, également espagnol. Chaque groupe a assisté dans Saint-Pierre à la messe du Pape, et un grand nombre de prêtres et autres ont eu la faveur d'une audience. Ce pèlerinage a été très édifiant, et les Espagnols ont laissé à Rome les meilleurs souvenirs d'un séjour dont cette fois le gouvernement avait compris devoir respecter la tranquillité. Aussi aucun de ces fâcheux incidents qui marquèrent le pèlerinage ouvrier français en 1891, n'est-il venu troubler les pèlerins dans leur dévotion aux sanctuaires et au chef de l'Église (1). »

Rome a commencé; l'Espagne a suivi; la France et les autres nations catholiques continueront. Tout l'univers chantera les gloires et la sainteté du fils des Lopez, rendant ainsi à la vertu l'hommage et la louange qui lui sont dûs.

Pour nous, enfants de saint François, nous avons lieu d'être fiers de cette nouvelle béatification et reconnaissants à la Papauté d'avoir tourné ses regards vers notre famille religieuse. Voilà trois Saints ou Bienheureux que Léon XIII place sur les autels, en moins de quinze ans : saint Laurent de Brindes, le bienheureux Félix de Nicosie et le fils des Lopez. Gloire sans égale pour la famille qui les produit, et source d'espérances pour l'avenir! Ces béatifications répétées ne sont-elles pas, en effet, une preuve indéniable que la sève de vie séraphique n'a pas tari dans la branche des Mineurs Capucins? Et ne sait-on pas que les Saints sont la force des congrégations, leur raison d'être, le meilleur garant de leur vitalité? *Ad multos annos!* Honneur et longue vie à la famille spirituelle qui a produit tant de Saints dans un si court espace de temps!

Et vous, bienheureux Diégo, du haut du ciel où vous régnez, veillez sur nous et protégez-nous. Vous qui avez été l'intrépide soldat de Dieu, dans des temps difficiles, aidez vos frères d'armes à marcher sur vos traces, afin qu'après avoir, à votre exemple, combattu le bon combat, nous méritions d'être associés là-haut à votre gloire.

Fr. LÉOPOLD DE CHÉRANCÉ, *Miss. Cap.*

1. *Annales Franciscaines*, n° de juin 1894.

II

TRIDUUM DU BIENHEUREUX DIÉGO-JOSEPH

DANS LA PROVINCE DE PARIS

Paris. — C'était en mai 1887 ; nous eûmes le bonheur d'assister, dans notre église de l'Immaculée-Conception de Rome, au *Triduum* d'actions de grâces en l'honneur du troisième centenaire de saint Félix de Cantalice, le saint populaire de la Ville Éternelle. A notre retour en France, nous envoyâmes à nos chères *Annales* un compte rendu de ces merveilleuses solennités.

Rome, nous le savons, l'emportera toujours sur le reste de la catholicité par la splendeur de ses pompes religieuses. Tout concourt en effet à en rehausser l'éclat ; ne sont-elles pas souvent le rendez-vous de nombreux généraux d'ordres religieux, d'évêques, archevêques et cardinaux ? Ne parlons plus du chant de ses dilettanti, nous avions fait nos réserves, mais nous n'avions pu taire une réelle admiration.

Toutes ces merveilles, dont Rome conserve le légitime monopole, nous n'en jouirons point complètement pendant les journées des 28, 29 et 30 septembre, consacrées à l'honneur du bienheureux Diégo de Cadix ; ce *Triduum* sera cependant pour nous comme un écho des fêtes romaines, grâce aux décorations délicates de notre chapelle, à l'éloquence des voix qui proclameront les louanges du serviteur de Dieu, et surtout à la sympathie et à l'enthousiasme des nombreux amis et bienfaiteurs de notre couvent.

Et d'abord disons un mot des décorations ; ce n'est que le corps d'une manifestation religieuse, mais il a son prix, nous savons que l'âme humaine elle-même est imparfaite sans son corps. Une chapelle, si belle fût-elle, ne serait pas en fête, si elle n'était ornée extraordinairement. Elle est gracieuse dans sa pauvreté, notre chapelle de la rue de la Santé ; elle était devenue presque coquette avec ces ravissantes bannières qui, par leur fraîcheur et leur brillante variété, changeaient la monotonie de ses colonnettes. Merci en passant à nos chères Sœurs d'Angers, les religieuses franciscaines de Notre-Dame des Anges du monastère de l'Esvière. A elles, en effet, revient l'honneur de ce merveilleux travail. La chapelle entière était donc parsemée de ces riches oriflammes. Le maître-autel, lui, allait disparaître au milieu des fleurs, des lustres et des candélabres ; un appel avait été fait par le R. P. Norbert, gardien du couvent, à la charité des bienfaiteurs, et des centaines de lumières seraient l'expression vivante de la joie universelle.

Mais quittons le sanctuaire ; près de la Table sainte, un artiste, dont le nom est connu au Salon, M. Lionet-Royer, a placé lui-même un tableau que des mains habiles et généreuses ont encadré des fleurs les plus fraîches et les plus délicates. C'est l'image, de taille naturelle, du bienheureux Diégo. Vous le reconnaissez, ce Capucin mort en 1801, à sa bure grossière, à sa tête rasée, à ses pieds nus.

Les peintres comme les poètes, comme les musiciens, comme les orateurs, ont de ravissantes et sublimes inspirations. L'artiste a lancé le bras droit du serviteur de Dieu vers le ciel ; son front est superbement relevé, ses yeux sont dans l'extase de l'amour. Diégo converse certainement avec son Dieu ; ne tient-il pas de la main gauche son cher crucifix fortement pressé sur sa poitrine ?

Malgré vous, vous êtes ému à la vue de ce chef-d'œuvre, qui n'était cependant qu'une ébauche dans la pensée de l'artiste. Vos regards se sont détachés des regards du Bienheureux... O merveille ! sur l'épaule gauche de Diégo de Cadix, et comme noyée dans sa barbe soyeuse et argentée, vous voyez une charmante petite colombe qui semble vouloir le distraire de son ravissement.

Pourquoi donc cet oiseau délicat ? Est-elle placée là, cette colombe, pour nous redire l'innocence et la simplicité de l'âme de notre bienheureux ? Oui, sans doute ; mais l'artiste veut qu'elle nous rappelle un trait de sa vie apostolique. Un jour que le P. Diégo prêchait, un riche propriétaire avait envoyé pour l'entendre l'un de ses serviteurs. « Eh bien, lui demanda le maître à son retour, qu'a-t-il dit ce Père ? Parle-t-il bien ? » — « Oh ! répondit naïvement le serviteur, je pourrais parler tout aussi bien que lui : il avait sur l'épaule une colombe qui lui soufflait tout ce qu'il disait...... »

M. Lionet-Royer n'a pas omis davantage de rappeler sur son tableau un autre miracle de la vie de notre Frère. Au-dessus de l'épaule gauche et comme dans le lointain vous apercevez un triangle ; du sein de ce triangle s'échappent trois soleils dont les rayons vont se refléter sur les traits du Bienheureux.

Le P. Diégo venait d'achever une station ; voulant se soustraire à l'enthousiasme d'une population plus que sympathique, il a le dessein de quitter la ville pendant les ténèbres de la nuit. Mais la foule avait fait bonne garde : la maison du célèbre prédicateur était cernée de toutes parts. Forcé de partir, puisqu'il est attendu ailleurs, le Père se dispose à traverser les rangs pressés du peuple qui l'acclame, lorsque dans le ciel apparaît un immense triangle d'où s'échappent trois ravissants soleils d'égale grandeur. Leurs rayons lumineux éclairent cette foule ravie et criant au miracle......

Vous êtes étonnés vous-mêmes, chers lecteurs : cette apparition surprenante avait son secret dans la piété de notre bienheureux pour le glorieux mystère de la très sainte Trinité et le zèle qu'il déployait dans ses différentes prédications pour le faire connaître, aimer et adorer.

Pardon, bienveillants lecteurs, si nous avons longuement détaillé le souvenir de nos décorations... Tous les préparatifs extérieurs d'un édifice sont donc ce que nous appellerions le *corps* d'une fête ; ce qui en sera l'*âme*, ce qui lui donnera sa vie, ce sera certainement la parole éloquente des Prédicateurs. Nous en entendrons plusieurs. Le principal sera évidemment celui du soir. Le R. Père Gardien a confié au R. P. Léon, secrétaire provincial, la délicate mission de prononcer, pendant les trois jours, les louanges du grand serviteur de Dieu.

Nous nous reprocherions de blesser par des louanges, que des âmes mondaines goûteraient peut-être, la modestie d'un confrère qui nous est cher. Il a eu plein succès parmi nous, et plusieurs supérieurs de notre belle Province, nous le savons, ont inscrit son nom pour les fêtes qu'ils auront bientôt dans leurs villes respectives.

Avec quel entrain nous chantions chaque soir le magnifique cantique dans lequel le R. P. Léon avait su résumer son triple discours ! Nos Frères de l'Observance présidèrent la cérémonie du vendredi 28 ; nos Frères les Pères Récollets, celle du samedi 29, et les Frères-Prêcheurs du Faubourg Saint-Honoré celle du dimanche 30. Sans doute, nous savions à l'avance la sympathie de ces excellents religieux, mais, en nous quittant, les uns et les autres nous ont redit leur admiration avec leur fraternelle gratitude.

Cette relation serait incomplète, si nous passions sous silence les pieuses réunions du matin.

Le R. Père Gardien, fidèle au désir exprimé par S. Em. le cardinal archevêque de Paris, de célébrer *sans bruit* et *en famille* les fêtes du *Triduum*, avait médité de faire coïncider ces solennités avec les réunions mensuelles de ses deux Fraternités parisiennes.

Il est d'usage que le vendredi qui précède la réunion des

Sœurs, celles-ci se donnent rendez-vous à leur chapelle de la rue Boissonnade, pour la retraite du mois, exercice au-dessus de tout éloge que nous verrions avec bonheur s'établir dans nos excellentes congrégations. Nos Sœurs avaient donc été spécialement convoquées, le vendredi 28, pour 8 heures du matin, à la chapelle du couvent.

Elles accoururent en grand nombre, trouvèrent le Très Saint-Sacrement exposé et donnèrent ainsi l'élan à ces réunions matinales. Le R. Père Gardien monta en chaire après le saint Sacrifice de la Messe, et dans une paternelle allocution suggéra aux réflexions de son pieux auditoire quelques pensées édifiantes glanées au chapitre des vertus héroïques du bienheureux Diégo.

L'Hostie sainte remise dans le Tabernacle, le R. Père Gardien expose la relique du serviteur de Dieu, bénit solennellement le tableau qui rappelait si merveilleusement son souvenir et, pour la première fois peut-être en France, lance vers le ciel, à trois reprises différentes, cette douce invocation :

Beate Didace-Joseph,

laissant à son auditoire le soin de répondre : *Ora pro nobis.*

Le lendemain matin, à la même heure, le T. R. P. Ludovic prit la parole et, dans une chaleureuse instruction digne d'un auditoire du soir, nous montra la nécessité de la sainteté. « Ah France ! pourquoi as-tu si peu de Saints, toi au XIXᵉ siècle, si ce n'est parce que tu restes toujours imbue des infernales doctrines des grands ennemis de ta foi, Voltaire et Rousseau, les trop célèbres champions du libéralisme et de la corruption ? »

Enfin, le dimanche matin, 30 septembre, nous eûmes l'honneur d'entendre le T. R. P. Adolphe, vicaire provincial. Nos deux Fraternités sont là presque au complet. Un côté de la chapelle est réservé à nos Sœurs, le reste est occupé par les simples fidèles, et 87 Frères remplissent le sanctuaire, une partie de la sacristie et le chœur des religieux convers. Le T. R. P. Adolphe a commencé la sainte messe ; le R. Père Gardien entonne le *Credo* des grandes solennités, et les voûtes du temple sacré retentissent aussitôt de cette admirable affirmation de la foi chrétienne.

Mentionnons simplement comme souvenir le *Sanctus*, l'*O Salutaris*, l'*Agnus Dei*, chantés avec le même enthousiasme.

Le moment solennel est arrivé : le T. R. P. Adolphe vient de prendre le précieux sang de Jésus-Christ ; il se tourne vers ce peuple d'élite. Il exprime tout d'abord ses regrets de ne pas voir dans une circonstance aussi touchante le T. R. Père Provincial ; nous savons que sa charge l'a forcé de traverser les mers, il est *là-bas*, à Constantinople, plus loin encore : ne doit-il pas consoler ses frères, si cruellement éprouvés par le tremblement de terre, et porter une première bénédiction à ses enfants de l'exil ?

Le T. R. Père remercie le Père Gardien de sa fraternelle invitation et félicite ses auditeurs de leur bienveillant concours pour célébrer le vaillant apôtre espagnol du xviiiᵉ siècle ; puis, abordant son sujet, il nous montre le bienheureux Diégo trouvant sa force et son éloquence au pied du Tabernacle, rendez-vous fidèle des vrais enfants de saint François d'Assise.

Cette vibrante allocution est écoutée avec le plus religieux respect, tous les cœurs se sentent enflammés pour le Dieu de l'Eucharistie, et par centaines hommes et femmes s'approchent du banquet sacré de nos autels. Le chant du psaume *Exaudiat* devait terminer cette belle matinée.

Nous aurons suffisamment édifié nos lecteurs sur nos ravissantes cérémonies, si nous ajoutons que chaque soir, après la bénédiction du Très Saint-Sacrement, la foule entière venait baiser avec respect la petite relique que le R. Père Gardien avait reçue du Rme P. Maur, Postulateur général des Causes de nos saints et bienheureux Capucins.

Et maintenant, qu'il nous soit permis de souhaiter à nos excellents confrères de province d'avoir des journées aussi belles et de contempler au pied des autels leurs sympathiques et nombreux amis ! C'était à la fraction du pain sacré, *in fractione panis*, que se reconnaissaient les chrétiens de la primitive Eglise ; c'est encore au banquet eucharistique que doivent se donner rendez-vous les amis de l'Ordre franciscain. Le P. Diégo de Cadix ne comprenait pas autrement la vie chrétienne : l'Eucharistie, il le disait, doit être le soutien de notre vie militante ici-bas ; elle sera le gage assuré de notre vie triomphante aux Cieux !

O Diégo, votre grandeur d'âme, votre foi héroïque ont su triompher de Satan, des insanités et des impiétés de ses suppôts au siècle dernier. Vous êtes le premier, parmi les enfants de la grande famille séraphique à l'aurore de ce siècle, qui ayez conquis la palme des cieux et qui, par la voix du Pontife infaillible Léon XIII, ayez été déclaré solennellement *Bienheureux*. Jetez donc sur vos Frères, du séjour de la gloire, un regard de bienveillante protection ! Nous vous acclamons le premier vainqueur du xixᵉ siècle, faites que nous sachions par vous, comme vous, avec vous, lutter, vaincre et mourir. X***

Calais. — *Triduum en l'honneur du bienheureux Diégo-Joseph, Capucin (25, 26, 27 novembre 1894).* — Nous lisons dans la *Semaine religieuse* d'Arras :

« Les fêtes célébrées en l'honneur du bienheureux Diégo, béatifié par Léon XIII, le 22 avril 1894, ont fourni à la ville de Calais l'occasion de montrer toutes ses sympathies pour l'Ordre des Capucins. Nous avons surpris sur les lèvres d'ouvriers et de bourgeois, le 27 novembre, au sortir de l'église, après la clôture solennelle du triduum, ces paroles de joie et de noble fierté : « Voilà de belles fêtes pour les habitants de Saint-Pierre et de « Calais ; nous avons passé trois journées du ciel. »

« Tout, en effet, a contribué à rendre ces solennités incomparables : une église magnifiquement décorée, la présence des prêtres de la ville et du T. R. P. Timothée, ministre provincial des Capucins de la province de Paris, des chants et des morceaux de musique exécutés avec une perfection rare, de beaux discours, une affluence considérable de fidèles et par dessus tout de généreux sentiments de foi et de piété inspirant toutes les âmes.

« Le triduum a été célébré dans l'église de Saint-Pierre, mise gracieusement à la disposition des fils de saint François par le vénéré doyen. Ce choix n'a étonné personne. Saint-Pierre, ce vaste monument aux voûtes si élancées, aux lignes si pures, est la paroisse des Capucins, et quiconque a assisté aux fêtes religieuses de cette grande et belle église, sait tout ce qu'on y trouve de ressources pour les chants, la musique, les cérémonies et les décorations, grâce à ses habiles organistes, aux Enfants de Marie, à la Maîtrise et à la Fanfare de l'orphelinat de M. Boudringhin, grâce au zèle intelligent et pratique de son vénéré doyen et de ses dignes collaborateurs.

« L'ouverture du triduum se fit le dimanche à la grand'messe, chantée par le T. R. Père Provincial des Capucins. La messe a été dite les lundi et mardi à 6 heures et demie du matin. Malgré l'heure matinale et l'urgence du travail à cette époque de l'année, lisons-nous dans la *Croix du Pas-de-Calais*, l'assistance y était nombreuse : beaucoup même s'approchèrent de la Sainte Table. Le T. R. P. Arsène était chargé de donner l'instruction. Il le fit avec le talent et l'onction qu'on lui connaît.

« La première réunion du soir fut splendide. La population de Saint-Pierre et de Calais, toujours si avide de fêtes religieuses, s'empressa de répondre aux vœux du Souverain Pontife et à l'appel des Pères Capucins. Pour aider les fidèles à suivre les exercices avec plus d'intérêt et de fruit, un opuscule qui contient un résumé substantiel de la vie du bienheureux, un cantique en son honneur et l'indication des indulgences qu'on peut gagner pendant ces trois jours, est distribué à tous les assistants.

« Après le sermon, la bénédiction du Très Saint Sacrement est donnée par M. le doyen de Saint-Pierre ; puis la foule vient à la Sainte Table baiser avec respect et amour la relique du nouveau

Bienheureux, aux chants d'un cantique dont l'air vif et entraînant a été fort goûté.

« La première journée du triduum s'achevait dans l'enthousiasme. La seconde et la troisième nous réservaient de plus grandes magnificences et de plus douces consolations.

« Bien avant l'heure des réunions du soir, la vaste église de Saint-Pierre était remplie ; la foule est trop heureuse d'acheter par une longue attente le bonheur d'entendre le panégyrique du Bienheureux. « Le P. Léon, capucin du couvent de Paris, dit la *Croix du Pas-de-Calais*, devait, pendant ces trois jours, nous faire l'éloge du saint missionnaire. Tombé malade, il y a quelques semaines, il fut remplacé par le R. P. Camille, gardien du couvent de Calais, et par le R. P. Denis. La cause du Bienheureux était en bonnes mains. C'est aux talents des orateurs plus encore qu'aux décorations et à toute la pompe extérieure qu'il faut attribuer le succès de la fête. »

« Les cérémonies du soir furent présidées, le lundi par M. l'archiprêtre de Notre-Dame, le mardi par le T. R. Père Provincial.

« Ces fêtes ont été une manifestation éloquente des sentiments religieux du peuple de Calais. Quelques-uns penseront peut-être que la curiosité a eu dans l'enthousiasme de ce triduum plus de part que la piété. Qu'ils se détrompent, dirons-nous avec la *Croix du Pas-de-Calais*. Car alors comment expliquer que tous les assistants, hommes et femmes, patrons et ouvriers, pauvres et riches, soient venus, non pas une fois, mais chaque jour, vénérer la relique du Bienheureux et recevoir de la main des Pères Capucins un souvenir de ce triduum ?

« Non, non, la foi n'est pas morte, la piété n'est pas éteinte dans l'âme des Calaisiens. Nous le constatons chaque jour davantage. Le sentiment religieux fait plus que de se réveiller ; il s'affirme et se manifeste, il prend franchement position en face de l'impiété.

« Nous espérons que ce triduum le développera davantage. Les exemples et les œuvres de ce héros de l'Espagne sont bien bien faits pour cela.

« En terminant ce court aperçu de nos fêtes, nous ne pouvons nous dispenser d'adresser à nos chers Pères Capucins nos félicitations et nos remerciements. Qu'ils continuent, dans leur quartier de la Nouvelle-France, le bien qu'ils ont déjà commencé. Ils ne travaillent pas sur un terrain ingrat ; ils ont pu s'en apercevoir pendant ce triduum en l'honneur de leur Frère couronné (1). »

1. *La Semaine religieuse d'Arras*, n° 49.

Versailles. — *Triduum solennel en l'honneur du bienheureux Diégo-Joseph de Cadix, prêtre profès de l'Ordre des Fr.-Min. Capucins, célébré dans l'église Notre-Dame de Versailles, les 28, 29 et 30 novembre 1894.*

A la fin de nos solennités, le T. R. P. Benoît-Joseph a donné la note juste sur ce Triduum, lorsque, s'adressant à la foule des assistants, il s'exprimait ainsi : « On dit que les fêtes du ciel sont bien belles ; on dit qu'il n'y a rien de comparable aux félicités éternelles, puisque, au témoignage de l'apôtre saint Paul, l'œil de l'homme n'a point vu, son oreille n'a point entendu, son cœur n'a point goûté le bonheur que Dieu réserve à ses élus. Mais sur la terre, il y a des fêtes bien belles aussi et bien consolantes. Celle que nous venons de célébrer en l'honneur du bienheureux Diégo-Joseph de Cadix, des Fr.-Min. Capucins, en est une preuve. » Après les fêtes du ciel, rien n'est comparable, en effet, aux solennités de la sainte Église. En ces jours, c'était un pauvre Capucin qu'elle exaltait : le bienheureux Diégo-Joseph de Cadix, né le 30 mars 1743, mort le 24 mars 1801.

Nos fêtes devaient être un chant de reconnaissance et d'amour envers Jésus, Roi immortel des siècles, source de la sainteté et de la béatitude, en même temps qu'une manifestation solennelle en l'honneur de l'humble Capucin Diégo-Joseph de Cadix, dont la gloire rejaillit avec tant d'éclat sur notre famille religieuse. Aussi avaient-elles été préparées dans tous leurs détails avec une prévoyance et un soin minutieux. Mgr l'Évêque de Versailles les avaient bénies à l'avance, et M. le curé de Notre-Dame, « toujours matinal » pour faire le bien et procurer la gloire du Christ, nous avait offert une généreuse hospitalité dans son église.

Par toute la ville, des notices sur la vie du bienheureux Diégo avaient été répandues. Aussi, dès le premier jour du Triduum, vit-on la foule accourir nombreuse à nos fêtes. Dans le cours des solennités, elle vint plus compacte encore, et à la fin du troisième jour, on vit cette pieuse population de Versailles se presser dans les murs de Notre-Dame, à ce point qu'il n'y avait plus une seule place libre et qu'une grande partie des assistants restèrent debout, en rangs serrés, pendant plus de deux heures.

Pour nos fêtes, l'église Notre-Dame avait été décorée avec un goût parfait. De chaque arcade du chœur tombaient de riches tentures de velours rouge drapées magnifiquement entre les colonnes, et qui transformaient le sanctuaire en une salle royale. L'autel offrait un délicieux aspect dans la variété de ses marbres, avec ses mille lumières heureusement disposées entre les branches de palmiers et les plantes les plus rares. Enfin, du côté de l'Évangile, au milieu d'un massif de verdure, se trouvait la statue du bienheureux Diégo-Joseph de Cadix, le crucifix à la main, redisant ainsi à tous que la croix est la voie royale qui mène au ciel. Des chaises disposées sur le sanctuaire sont réservées aux frères du Bienheureux qui, en ce jour, partagent son bonheur. Nous sommes au matin du premier jour. Il est neuf heures. L'orgue entonne de sa voix puissante un premier chant de gloire, et joue une marche triomphale. C'est bien, en effet, le moment du triomphe. Tout à l'heure, Jésus lui-même exaltera l'humble et pauvre Capucin qui, sur la terre, fut petit et méprisé, et le prêtre offrira en son honneur la victime trois fois sainte. Nos princes d'ici-bas, se faisant applaudir lorsqu'ils revenaient autrefois dans cette royale cité, entourés de l'auréole de la victoire, ne connurent pas une heure de cette gloire. Elle est réservée aux Saints. Mais, voici que déjà le clergé se rend à l'autel. De jeunes frères de Diégo ont été choisis pour exécuter les cérémonies. Les acolytes s'avancent portant leurs cierges allumés, symbole de Jésus-Christ, la lumière éternelle; viennent ensuite, après un nombreux clergé séculier, qui a tenu à partager notre fête, le maître des cérémonies, les ministres sacrés et le célébrant, M. le Curé de Notre-Dame. Les deux jours suivants, le T. R. P. Benoît-Joseph, et notre T. R. Père Provincial auront, à leur tour, la joie d'offrir la sainte Messe en l'honneur de notre Frère.

L'auguste sacrifice commence.

Les chants de la messe, exécutés pendant les trois jours par la maîtrise de Notre-Dame, nous ont vraiment ravis. Il faudrait être artiste pour en donner une appréciation savante, mais le cœur en est le meilleur juge, quand il se sent davantage porté vers Dieu par ces chants.

A la voix de l'homme se joignit celle des instruments. Successivement, la fanfare du pensionnat Saint-Joseph des Frères, celle du pensionnat Saint-Nicolas des Frères d'Igny, et celle des petits incurables des Frères de Saint-Jean de Dieu, nous prêtèrent leur concours et ne contribuèrent pas peu à l'éclat de nos fêtes. Nous ne trouvions qu'un mot pour exprimer notre satisfaction : que c'est beau !

Bientôt, la messe est finie. C'est la partie la plus belle et la plus grandiose de nos fêtes; mais les cérémonies du soir, pour être moins sublimes en elles-mêmes, n'en ont pas moins eu un éclat extraordinaire. Je n'ai donné qu'une idée incomplète de nos exercices du matin; il me faudrait ajouter à tout ce qui précède, au moins un court résumé des allocutions si doctrinales et si éloquentes que nous a adressées le R. P. Flavien. Je me contenterai

de dire que notre cœur était vraiment fortifié, en entendant cet
exposé magnifique de la vie de la foi dans le chrétien, en même
temps que l'esprit goûtait de vraies jouissances, en recevant cette
parole tout évangélique, également remarquable par la simplicité
de ses expressions et par la sublimité de sa doctrine.

Dès sa première allocution, le R. P. Flavien annonça qu'il ne
dirait rien du bienheureux Diégo-Joseph de Cadix, laissant à
d'autres le soin de montrer « dans un relief saisissant » ses éminentes vertus. Le R. P. Léon était, en effet, chargé de prononcer
le panégyrique du Bienheureux, et pendant les trois jours il nous
a tenus sous le charme de sa parole, et a excité l'admiration de la
foule. Son discours, facile et imagé, lorsque le premier jour il
nous a donné une courte narration de la vie du Bienheureux, et
de l'action divine sur sa jeune âme, est devenu plus expressif et
plus fort, lorsqu'il nous a décrit les impuissances naturelles de
Diégo, et nous a montré cet humble enfant se jetant aux pieds du
Seigneur et implorant sa pitié. Il fallait entendre l'orateur, inter-
pellant le petit Espagnol, et lui montrant la vie apostolique ou-
verte devant lui : « Diégo, debout! » Le lendemain, il ne fut pas
moins intéressant d'entendre le P. Léon retracer devant nous les
caractères de l'apostolat du pauvre Capucin, et de voir ce vaillant
soldat portant toujours fièrement l'étendard de Jésus.

A la fin de notre Triduum, l'orateur nous montre les relations
de Diégo avec l'Ordre franciscain, sa patrie du cœur, et avec
l'Espagne, sa patrie du sang. Avec un art admirable, il nous fit
remarquer les quatre grands caractères de la famille franciscaine : la folie de la croix, l'amour séraphique, les grandes dévotions catholiques, l'évangélisation populaire, se réunissant dans
notre Bienheureux.

Chaque soir du Triduum, le panégyrique fut suivi du salut solennel du Très Saint Sacrement. Successivement, M. le chanoine
Goux, M. le chanoine Groux, archiprêtre de Saint-Louis, et M. le
vicaire-général Chaudé présidèrent la cérémonie. Les motets
furent chantés tour à tour par les élèves du petit Séminaire, par la
maîtrise de Notre-Dame, et par les élèves de l'école Saint-Jean des
RR. PP. Eudistes ; le troisième jour, à ces voix angéliques s'ajoutait un accompagnement d'orchestre, et la fanfare des petits incurables des Frères de Saint-Jean de Dieu exécuta quelques morceaux d'une beauté sublime. Chants et musique, tout était
digne du Bienheureux qu'il fallait exalter; tout cela élevait nos
cœurs vers le Dieu suprême, présent sur nos autels, et la bénédiction de Jésus était le plus beau couronnement de ces fêtes délicieuses.

Dans leur ensemble, les solennités de notre Triduum ont présenté un éclat tel que plusieurs en se retirant, disaient : « Ce n'est pas seulement un succès ; c'est un véritable triomphe. » Il faudra faire l'anniversaire, disait dans sa piété naïve, une pauvre femme ravie de ce qu'elle avait vu. L'anniversaire, nous le ferons au ciel, ou plutôt ces fêtes qui ne donnent pas même une idée de celles du ciel, se perpétueront éternellement, plus belles et incomparablement plus glorieuses en l'honneur de notre bienheureux Diégo de Cadix. Nous n'avons fait que saluer l'aurore d'un jour sans déclin qui brillera toujours jusque dans l'éternité : *Dies quœ nescit occasum*. Après de telles journées où nous avons entrevu la gloire des saints, nous nous sentons plus forts pour la lutte, plus généreux pour le sacrifice, et nous répétons la parole de l'Apôtre : *Non sunt condignœ passiones hujus temporis ad superventuram gloriam, quœ revelabitur in nobis*.

Nantes. — *Triduum solennel en l'honneur du bienheureux Diégo de Cadix, célébré dans la Basilique Saint-Nicolas, les 8, 9 et 10 février 1895.*

Nous lisons dans la *Semaine religieuse* du diocèse de Nantes :

Pour la troisième fois, notre belle église de Saint-Nicolas, la basilique nantaise, donnait l'hospitalité aux fils de saint François d'Assise, aux Frères-Mineurs Capucins. Leur église conventuelle est toujours sous les scellés, et les bons religieux ne peuvent y convoquer les foules pour les offices publics. C'étaient pourtant des fêtes de famille qu'ils auraient été heureux de célébrer chez eux, ces belles solennités du Triduum en l'honneur du Bienheureux Diégo-Joseph de Cadix, leur frère en religion. Qu'ils se réjouissent de ce contre-temps, tous y ont gagné : le nouveau Bienheureux, dans une église plus vaste et placée au centre de la cité, a vu plus de pieux fidèles prier devant son image et vénérer ses reliques ; les paroissiens de Saint-Nicolas ont été édifiés abondamment de ce qu'ils ont vu et de ce qu'ils ont entendu, chacun des jours de ce Triduum solennel ; les religieux, proscrits de leur église, ont pu donner plus de pompe aux fêtes qu'ils voulaient célébrer en l'honneur de leur bienheureux Frère.

Déjà une première fois, en novembre 1882, l'église Saint-Nicolas, qui venait d'être élevée par le Souverain Pontife à la dignité de basilique mineure, voyait se dérouler les exercices d'un triduum solennel en l'honneur de saint Laurent de Brindes, 19e Général de l'Ordre des Frères-Mineurs Capucins, récemment canonisé par Léon XIII.

Une seconde fois, six ans plus tard, en 1888, un nouveau Bienheureux du même Ordre, Félix de Nicosie, était fêté, trois jours durant, dans notre église, avec une solennité que personne n'a oubliée.

Il était donc juste que, pour fêter leur nouveau Bienheureux, les enfants du Patriarche d'Assise vinssent demander l'hospitalité de notre église de Saint-Nicolas. C'est la remarque que faisait M. le Curé, dans son allocution à ses paroissiens, le jour même de la clôture du Triduum. M. Roy, son prédécesseur, de mémoire si vénérée, lui avait donné l'exemple de cette charitable hospitalité envers les religieux proscrits par des lois condamnées.

Mgr Fournier lui-même, dont les restes mortels reposent sous les voûtes de sa chère église de Saint-Nicolas, ne lui dit-il pas du fond de sa tombe d'aimer les fils de saint François : c'est lui qui, étant évêque de Nantes, s'était fait un bonheur d'offrir aux RR. PP. Capucins un asile dans sa ville épiscopale et de bénir le couvent que ces religieux venaient d'y fonder.

On nous a demandé, à la dernière heure, une relation de ces fêtes du Triduum pour être placée dans les annales du diocèse de Nantes. Nous la faisons volontiers pour la gloire de Dieu et le bien des âmes, pour l'honneur du nouveau Bienheureux et de son Ordre. Ce sera aussi un souvenir de ces belles et touchantes solennités offert à tous ceux qui ont pu y assister, aux paroissiens de Saint-Nicolas en particulier.

Nous n'entreprendrons point de raconter ici la vie du bienheureux Diégo-Joseph de Cadix. Un petit opuscule a été distribué par milliers aux personnes qui ont eu le bonheur d'assister aux exercices du Triduum. Il contient une courte biographie du saint religieux. Disons seulement que ce digne fils de François d'Assise était complétement inconnu du monde catholique, avant que le Pontife suprême l'eut placé sur les autels. L'Espagne seule le connaissait. La plupart de ses provinces avaient été évangélisées par cet homme de Dieu, à la fin du siècle dernier. Le souvenir du grand missionnaire était vivant au cœur de la catholique Espagne. Aussi quand, le 22 avril 1894, le Pape Léon XIII plaça au nombre des Bienheureux l'humble Capucin, treize mille Espagnols avaient franchi la mer et étaient accourus à Rome pour assister aux fêtes de la béatification de leur illustre compatriote. Depuis lors, toutes les villes d'Espagne comme les plus humbles bourgades rivalisèrent de zèle pour fêter magnifiquement celui qui, comme un mur d'airain, s'opposa à l'invasion des doctrines de Voltaire et des fureurs de la Révolution. La religion, mieux que la politique, peut dire : « Il n'y a plus de Pyrénées » ; et les villes de France, où se trouvent des couvents des Frères-Mineurs Capucins, veulent fêter le bienheureux Diégo-Joseph de Cadix. C'est pourquoi la ville de

Nantes, à son tour, a célébré un Triduum solennel en l'honneur de ce saint religieux du grand Ordre franciscain.

Il faut le reconnaître, la température a été défavorable : de la neige, du verglas, un froid rigoureux. Diégo, l'amant de la pénitence, voulait pour ainsi dire nous contraindre à imiter son amour pour la souffrance. Malgré ce contre-temps, toute la journée, de pieux fidèles priaient devant le tableau du Bienheureux et vénéraient ses reliques. Le matin, le soir surtout, une nombreuse assistance prenait part aux exercices solennels du Triduum.

Rien d'ailleurs n'avait été négligé par les RR. PP. Capucins pour assurer le succès de ces fêtes.

Notre basilique, déjà si belle par son architecture, s'était revêtue d'une riche décoration. Portrait du Bienheureux, bannières, oriflammes, banderoles, lustres, verdure, lumières innombrables, rien ne manquait de ce qui pouvait rehausser la richesse de l'édifice sacré. Ce que l'on admirait surtout, c'était l'unité de cette décoration. Des mains généreuses avaient donné leur or, de pieuses ouvrières avaient offert leur travail, M. Francis Goulain avait prêté son pinceau, le zèle et le bon goût du T. R. P. Adolphe avaient tout dirigé. Disons-le en passant, les paroissiens de Saint-Nicolas désirent que leur église se revête, aux jours des grandes solennités, d'une décoration aussi riche et aussi belle. Son titre de basilique le demande : noblesse oblige.

Les offices de l'Eglise, si majestueux en eux-mêmes, si instructifs pour ceux qui savent les comprendre, étaient une des attractions de ce Triduum. Le premier jour, nous avons eu office pontifical à la grand'messe et aux vêpres. L'officiant était le R[me] Père Abbé de la Trappe de Melleraye, Dom Eugène, assisté de ses religieux. Ils avaient quitté leur monastère, le matin même, par un froid des plus rigoureux ; et c'est sous une tempête de neige qu'ils arrivaient dans notre ville. Aussi, à la cérémonie du soir, l'orateur s'empressait de féliciter les intrépides Trappistes : il ne s'étonnait pas de leur courage, car il savait que la solitude c'est la patrie des forts.

Le second jour, les offices sont célébrés par des religieux, enfants de saint François d'Assise. Le matin, la grand'messe est chantée par le T. R. P. Timothée, ministre provincial des Frères-Mineurs Capucins, assisté des religieux de son Ordre. Le soir, c'est le R. P. Timothée, gardien des Récollets de Nantes, qui préside. Les deux Ordres sortis de la même souche se trouvent réunis pour cette fête de famille.

Le troisième jour, Monseigneur de Nantes officie pontificalement à la grand'messe et aux vêpres. Sa Grandeur veut ainsi donner aux bons Pères Capucins une preuve de sa paternelle affection.

Tous ces offices s'accomplirent dans l'ordre le plus parfait. On nous permettra de faire ici une remarque. Plus d'une fois des personnes nous ont exprimé leur étonnement, leur admiration. Les enfants de chœur, à Saint-Nicolas, peut-être plus que partout ailleurs, sont pieux, édifiants même. Qui ne reconnaît la main sage, dévouée et ferme du digne religieux qui les dirige?

Ce Triduum offrait aux fidèles les charmes d'une musique vraiment belle, vraiment religieuse. On connaît la valeur de la maîtrise de Saint-Nicolas et de son chef intelligent et dévoué, M. Ch. Odion. Pendant ces trois jours, aux messes comme aux saluts, elle nous a donné les plus beaux morceaux de son répertoire. Avec quel entrain étaient chantés, et par la maîtrise et par la foule, ces beaux cantiques composés en l'honneur du bienheureux Diégo par son panégyriste, le R. P. Léon !

Des voix éloquentes se sont fait entendre, deux fois chaque jour, pendant ce beau Triduum. Ce fut là sans contredit une des principales attractions. Parlons d'abord des allocutions du matin. Le premier jour, c'était un fils d'Ignace de Loyola, le R. P. Lhuillier, de la Compagnie de Jésus, qui venait célébrer les louanges du bienheureux fils de François d'Assise. C'est l'amour de Dieu qui fait les Saints, c'est cet amour qui a fait saint Diégo de Cadix.

Le second jour, c'est le Directeur de nos Missionnaires diocésains, le R. P. Renaud, qui vient nous dire ce que fut l'humilité du bienheureux Diégo et nous montre ensuite comment Dieu a récompensé cette humilité de son serviteur pendant sa vie et après sa mort.

Le troisième jour, à la grand'messe paroissiale, c'est M. le Curé de Saint-Nicolas qui monte en chaire pour se féliciter d'avoir procuré à ses paroissiens l'édification qu'ils peuvent et doivent tirer de ce *Triduum*. Ils doivent mettre en pratique dans la vie de famille ces beaux exemples de vertu qui leur sont montrés dans la vie du nouveau Bienheureux.

Mais, c'est surtout aux réunions du soir qu'il nous était donné d'entendre une mâle éloquence célébrer, avec un enthousiasme tout fraternel, les grandeurs du bienheureux Diégo-Joseph de Cadix. Malgré la rigueur du froid, malgré la longueur des discours qu'avaient précédé les vêpres et que devait suivre un salut solennel, on ne se lassait point d'écouter cette parole de feu, ce langage d'apôtre.

Les vêpres achevées, pendant que la foule chantait avec enthousiasme sur un air populaire un des cantiques du Bienheureux, on voyait s'avancer vers la chaire un moine à la taille élevée, à la figure énergique et douce tout à la fois. Il parle, et sa voix forte et vibrante comme l'airain des batailles s'en va jusqu'aux extrémités du temple. C'est un frère en religion de Diégo, c'est un Capucin comme lui. Il était juste qu'il fût réservé à un fils de François d'Assise l'honneur de chanter les louanges de son frère du ciel. Il l'a fait avec la poésie qui caractérise le patriarche de l'Ordre séraphique, avec la sûreté de doctrine d'un saint Bonaventure, avec le feu d'un saint Jean de Capistran. Vraiment le bienheureux Diégo a dû contempler avec amour son panégyriste : il se sera reconnu en lui.

Pour nous, Nantais, le R. P. Léon, n'est pas un étranger. Il est notre compatriote, enfant de la cité, élève des bons Frères de la Salle, étudiant à la collégiale Saint-Donatien, avant de s'enrôler dans l'armée franciscaine.

C'est donc avec une noble fierté que nous l'entendions parler si éloquemment dans la chaire chrétienne.

Nous apprenons avec plaisir que ces trois discours vont être livrés à l'impression et publiés dans un volume qui sera comme un digne mémorial de ce Triduum...

A de si belles fêtes il fallait une clôture encore plus belle. Elle eut lieu, dimanche soir. Hélas ! le givre tombait, et sur les pavés glissants il était imprudent de marcher, ou il fallait le faire avec de grandes précautions. Au grand étonnement de tous et de chacun, notre basilique se remplit pour les vêpres, comme aux jours des grandes solennités, et les hommes étaient en grand nombre.

Une procession composée de prêtres, de religieux de tous Ordres, d'hommes tenant des cierges à la main, se déroula dans les nefs de l'église, faisant cortège aux reliques du bienheureux Diégo que portaient quatre supérieurs de communautés religieuses. C'était montrer la douce fraternité qui existe entre les ordres religieux. Les fidèles alternaient avec les grandes orgues et chantaient avec enthousiasme les cantiques.

Le chœur, richement paré, étincelait de mille feux. Un poète aurait rêvé devant un pareil spectacle. Cette longue file de lumières qui s'avancent dans la nef, escortant les reliques du nouveau Bienheureux, lui aurait fait penser à ces processions d'anges et de saints qui doivent se dérouler dans les parvis du ciel. Ce chœur plus riche, plus étincelant, c'est le Saint des saints, le trône même de Dieu. Vers lui s'avancent les phalanges des élus qui viennent lui présenter un nouveau frère, un compagnon de leur félicité éternelle. Cette douce harmonie qui tombe des voûtes, ce concert de voix humaines et d'instruments, ne rappellent-ils pas les concerts des anges ? Oui, ces fêtes de la terre devraient être appelées des fêtes du ciel : c'est leur vrai nom.

Aussi comme le cœur du R. P. Léopold de Chérancé, gardien

du couvent des Capucins de Nantes, débordait de joie, quand, à la fin de la cérémonie, il remercia tous ceux qui avaient contribué à la beauté de ces fêtes.

Puissent de pareilles solennités se renouveler bientôt. Et qui sait si ce vœu ne se réalisera pas prochainement ? Un de nos compatriotes, un Nantais, le P. Cassien, de l'Ordre des Frères-Mineurs Capucins, est mort martyr en Abyssinie. Sa cause introduite en cour de Rome peut d'un jour à l'autre se terminer par un décret de béatification. Alors les Nantais feront à leur illustre compatriote des fêtes splendides, et la basilique Saint-Nicolas, une fois encore, ouvrira ses portes toutes grandes aux bons Pères Capucins de ce temps là. Que ce soit bientôt (1).

L'abbé E. Juguet.

Angers. — *Triduum solennel en l'honneur du bienheureux Diégo de Cadix, célébré dans l'église de Saint-Laud, les 15, 16 et 17 février 1895.*

Avez-vous eu la bonne fortune, ami lecteur, de faire visite à nos Révérends Pères Capucins de la cour Saint-Laud ? Vous auriez vu appendu aux murs blancs du pauvre parloir un tableau de grande dimension représentant « l'arbre symbolique de l'Ordre franciscain ». Cet arbre a toujours excité ma curiosité et mon admiration. On le voit prendre racine au cœur de saint François et couvrir toute la terre de ses rameaux vigoureux. Il porte en guise de feuilles et de fruits l'image et le nom de tous les Saints et de tous les Bienheureux de l'Ordre séraphique. Quelle végétation merveilleuse ! Tous les siècles, tous les pays, toutes les conditions ont payé leur tribut. Les rois et les reines, les pauvres et les cardinaux, les docteurs les plus célèbres et les plus illustres capitaines sont confondus avec d'humbles frères lais. C'est comme une vision du paradis !

Au printemps dernier, cet arbre séculaire a de nouveau fleuri. Le 22 avril 1894, le Souverain Pontife Léon XIII a déclaré Bienheureux le vénérable Diégo-Joseph de Cadix, prêtre de l'Ordre des Frères-Mineurs Capucins. A cette époque, il y eut à Rome des fêtes splendides qui se continuent de province en province. Les frères du nouveau Bienheureux ont organisé en son honneur une marche triomphale où ils lui rendent tour à tour d'enthousiastes hommages. Voilà pourquoi le vendredi 15, le samedi 16 et le dimanche 17 février, nous avons eu à Angers un triduum solennel en l'honneur du bienheureux Capucin.

Les Révérends Pères avaient bien voulu faire choix de notre

1. N° du 16 février 1895.

église Saint-Laud pour être le théâtre de leur pieuse manifestation. Et vraiment, outre le voisinage, où trouver une église qui se prête mieux aux cérémonies et aux décorations ? Quand, aux beaux jours du mois de Marie ou de l'Adoration perpétuelle, elle revêt sa délicieuse parure d'oriflammes, de verdure et de fleurs, elle apparaît vraiment comme l'épouse du Cantique parée pour son époux. C'est le triomphe de mon zélé confrère et de ses habiles décoratrices. Cette fois, c'est le R. P. Alphonse, gardien du couvent, qui se charge de mettre notre église en fête, et il y réussit pleinement. Malgré l'hiver et le froid, le sanctuaire se garnit de riches plantes dont la verdure se marie agréablement avec l'or des lustres et les fleurs de l'autel. A chaque colonne, dans les trois nefs, des oriflammes délicatement travaillées par les religieuses Franciscaines de l'Esvière, racontent les miracles ou chantent les vertus du bienheureux Diégo, qui apparaît à la place d'honneur, au-dessus du maître-autel, dans un magnifique tableau peint par M. Audfray.

Je me reprocherais de ne pas dire un simple mot de ce tableau qui a fait l'admiration de tous ceux qui l'ont vu. Les connaisseurs ne se lassaient pas de louer l'aspect très décoratif de la toile, le dessin large et simple, et surtout ce coloris lumineux, doux à l'œil, qui semble devenir de plus en plus la manière du savant élève de Flandrin. Les simples savaient gré à l'artiste d'avoir scrupuleusement reproduit les traits du Bienheureux. C'était bien ainsi qu'ils se le représentaient : debout, le visage transfiguré et présentant aux foules le crucifix. Tous étaient ravis de se trouver en présence d'une œuvre vraie, quoique sans réalisme, et empreinte d'un profond sentiment religieux. Que M. Audfray veuille bien agréer nos sincères félicitations.

C'est devant cette pieuse image que vont se déployer toutes les splendeurs du culte : messes solennelles, discours éloquents, processions, illuminations, concerts harmonieux. Le vendredi matin, le Triduum s'ouvre solennellement au chant du *Veni Creator* : la première grand'messe est chantée par M. le curé de Saint-Laud, et le premier discours est donné par le R. P. Schaufler, oblat de Marie. Le second jour, la messe est chantée par le R. Père Gardien du couvent d'Angers, et nous entendons le R. P. Baron, de la Compagnie de Jésus. Enfin, le dimanche, troisième jour du Triduum, le célébrant est le T. R. P. Timothée, ministre provincial des Frères Mineurs Capucins, et l'orateur le R. P. Chrysostome, des Frères Prêcheurs. Les trois jours, la jeune maîtrise de Saint-Laud chante avec ensemble la messe *Os Justi*, calme et pieuse comme la vie des abbés pour qui elle a été écrite, et fait monter jusqu'au ciel les cantiques du bienheureux Diégo.

Mais le grand attrait de ces cérémonies était l'assaut d'éloquence donné en l'honneur de l'humble Capucin. « Ce qui m'a le plus frappé, disait un ancien magistrat, c'était de voir ces éloquents religieux apporter chaque jour au héros de la fête, non seulement l'hommage de leur talent personnel, mais encore celui de leur congrégation tout entière. » Aussi, avec quelle attention on les écoutait ! On peut dire que les Révérends Pères ont remporté de vrais succès oratoires. Quel plus grand succès oratoire que de faire oublier à des auditeurs charmés une température de dix degrés au-dessous de zéro ?

Ce n'étaient là toutefois que de brillants préludes. Le vrai panégyrique du Saint devait être prononcé chaque soir par le R. P. Léon, capucin. Il était juste qu'un fils de saint François chantât les louanges de son frère du ciel. Le P. Léon l'a fait dans une trilogie admirable. Le bienheureux Diégo a dû se pencher avec amour vers son panégyriste : il se sera reconnu en lui. Le premier jour, l'orateur nous montra en Diégo le saint ou l'homme en face de Dieu. Il nous fit admirer en lui les contradictions de la nature et de la grâce, les impuissances humaines et les puissances divines : *quoniam non cognovi litteraturam, introibo in potentias Domini*. Quelles charmantes descriptions il nous fut donné d'entendre ! Tour à tour passaient sous nos yeux les flots bleus de la mer qui baigne Cadix la Jolie, les visites aux pauvres de dona Maria et de son enfant, les humiliations du jeune écolier ou du novice capucin, puis les triomphes de l'éloquence, les foules subjuguées et les âmes gagnées à Dieu. Et quel langage poétique, imagé, pittoresque ! Mais, ô déception ! pas de grands mouvements oratoires ; à peine quelques cris contenus révélant l'éloquence. Je sais certains critiques impatients et injustes qui doutaient fort ce soir là de l'orateur de Gesté et de Beaupréau. Le lendemain, ils étaient gagnés. Le P. Léon nous avait montré en son héros l'*Apôtre* ou l'homme en face des âmes, et il avait tiré de son cœur des accents si vrais et si puissants que cette fois il enleva tous les suffrages.

Après le sermon, la cérémonie se terminait par un salut solennel au Très Saint Sacrement. Le vendredi, il fut présidé par M. le chanoine Baudriller, vicaire général. La fanfare de Saint-Julien était venue prêter à la fête son brillant concours, et nous eûmes le plaisir d'entendre la voix splendide de M. l'abbé Depin. On ne peut que féliciter Saint-Urbain d'avoir un professeur de musique qui joint si bien l'exemple au précepte. Le samedi, la cérémonie fut présidée par M. le chanoine Grellier, vicaire général. Ce fut le tour des Enfants de Marie de Saint-Laud et d'un aimable artiste à qui nous avons dit : à bientôt.

Mais j'ai hâte de raconter la cérémonie de clôture qui plus que toutes les autres fut un vrai triomphe. Elle avait lieu le dimanche aux vêpres. A 3 heures, notre église offrait un magnifique spectacle. La foule avait envahi les nefs et les tribunes ; les hommes remplissaient le chœur et les pourtours ; enfin, les Révérends Pères Capucins, tenant la place d'honneur dans cette cour plénière tenue par leur Bienheureux, occupaient les stalles du presbytérium. Un bon nombre de religieux s'étaient joints à eux : nous avons remarqué le R. P. Mourier, supérieur des Jésuites, le R. P. Armand, prieur des Dominicains. Mgr l'Évêque, empêché à son grand regret de présider cette belle fête, s'était fait représenter par Mgr Pessard, qui chanta les vêpres. Mgr Chesneau, revêtu de ses insignes de prélat, occupait un fauteuil en face du célébrant.

Les vêpres se chantent rapidement, et le P. Léon paraît en chaire. Sa jeunesse, sa haute taille, sa voix puissante préviennent tout d'abord en sa faveur. Il nous montre le bienheureux Diégo en face de son Ordre, de son siècle et de son pays, et pendant près d'une heure et demie il nous tient suspendus à ses lèvres. Que pourrais-je dire pour donner une idée de cette grande éloquence? Quand ma plume transcrirait ce beau discours, quand ma faible voix le déclamerait, il faudrait toujours répéter le mot d'Eschine parlant de Démosthène son rival : « Que serait-ce donc si vous entendiez l'auteur lui-même ? » Oui, il faut entendre le R. P. Léon, et je me tais en donnant rendez-vous aux Angevins au pied de la chaire de la cathédrale.

A l'issue du sermon, une procession s'organise. On va porter en triomphe les reliques du Bienheureux exposées depuis trois jours à la vénération des fidèles. A la suite du clergé et des prêtres habitués de la paroisse, s'avancent les différents Ordres religieux : Jésuites, Dominicains, Capucins. Puis apparaît la châsse, portée par deux fils de saint Dominique et deux fils de saint François revêtus de l'étole blanche. Il était touchant de voir s'affirmer une fois de plus cette fraternité six fois séculaire. Les deux prélats venaient ensuite suivis d'une foule de tertiaires, portant des flambeaux allumés. L'orgue toujours tenu par M. André, l'habile et infatigable organiste, alternait avec le chœur chantant sur un mode triomphal l'hymne *Iste confessor*. C'était vraiment, comme quelqu'un me le disait à l'oreille, une scène digne du moyen âge.

Il fallait un salut digne de clôturer ces trois beaux jours de fête. Patience! le R. Père Gardien est allé frapper à bonne porte. C'est M. le comte de Romain qui, avec sa bonne grâce accoutumée, a bien voulu se charger de tout organiser. Ce nom seul, n'est-ce pas, en dit assez. Comme un astre brillant qui ne va jamais seul, il a attiré après lui toute une phalange d'artistes. C'est à la fois un orphéon et un orchestre improvisés qui s'installent à la tribune. Nous entendons tour à tour la voix ferme et sympathique de M. André Launay qui chante l'*O salutaris*; deux voix de femmes, délicieuses de pureté et d'expression, soutenues dans l'*Ave Maria* et le *Tantum ergo* par orchestre et chœur; un solo de violoncelle par M. Weber, un solo de violon par M. Faëlli. Ce sont des flots d'harmonie; c'est comme le bouquet d'un brillant feu d'artifice. Grâce à M. de Romain, notre ville d'Angers aura maintenu en cette circonstance solennelle sa vieille renommée artistique.

Après la bénédiction du Très Saint Sacrement, le R. Père Gardien remercie en termes émus M. le curé de Saint-Laud de sa gracieuse hospitalité et l'assistance tout entière de son concours édifiant et empressé. C'était justice, car si rien autre ne manqua aux fêtes du Triduum, il y manqua bien un peu de chaleur. Les Angevins vérifièrent une fois de plus la parole du poète latin : *frigora nescit amor*. Même après cette très longue cérémonie, tous les fidèles voulurent vénérer la relique du Bienheureux et recevoir sa médaille offerte par les Révérends Pères. Il était près de 7 heures quand tout fut terminé. Nous avons le ferme espoir que le bienheureux Diégo voudra nous payer en faveurs spirituelles et temporelles ces marques non équivoques de bonne volonté.

L. PITON,
vicaire à Saint-Laud.

Le Mans. — *Le Triduum du bienheureux Diégo de Cadix.*

Les splendeurs sont rares chez les Capucins; ce n'est pas souvent que la pourpre et l'hermine, l'or et les fleurs parent de leurs richesses et de leurs beautés les églises de leurs pauvres couvents. Pourquoi donc, ces jours derniers, dans la chapelle des Capucins du Mans, ces décorations d'un si grand et si bel effet, pourquoi ces chants, cette musique, pourquoi ces magnifiques cérémonies?

Ah ! c'est que, comme le disait le T. R. Père Provincial, c'est un événement extraordinaire dans l'histoire d'un Ordre religieux, qu'une béatification, et c'est par des fêtes extraordinaires que les Frères-Mineurs Capucins ont voulu célébrer le bienheureux Diégo-Joseph de Cadix.

D'un dôme presque à hauteur de la voûte descendent, au-dessus de l'autel et abritant un grand tableau du Bienheureux, d'amples draperies relevées en manteau royal; les côtés du sanctuaire sont également tendus, et à l'entrée tombe de la voûte même jusqu'aux chapiteaux des piliers, au-dessus d'un écusson de pourpre portant en or et en argent le chiffre de Diégo-Joseph, une large banderolle ; toutes ces tentures d'étoffe rouge sont garnies d'une large bande d'hermine. Une sorte d'estrade passant au-dessus du rétable de l'autel et se contournant sur les côtés du sanctuaire supporte de fort belles fleurs avec de nombreux luminaires ; une guirlande de roses court tout autour de cette estrade, sur une guirlande de roses mêlée de petits écussons d'or portant en pourpre alternativement le chiffre du Bienheureux avec le nom d'un de ses frères inscrit avant lui au catalogue des Saints. Contre chacun des deux piliers d'entrée du sanctuaire, une riche bannière qui mesure 6 mètres de longueur, de même couleur que les tentures, garnie aussi d'hermine. L'une porte, avec le chiffre de saint François, le bras du Christ et celui du stigmatisé de l'Alverne, issant d'une nuée d'argent dans un ciel d'azur, blason de l'Ordre franciscain ; l'autre porte, sous un chef aux armes séraphiques, la croix de gueules des Bouillon et les tourteaux de même couleur sur champ d'or des Tavéra, armoiries de l'illustre thaumaturge de Padoue, dont le chiffre enrichit également cette bannière. La nef de l'église est ornée de guirlandes de verdure et de fleurs tombant gracieusement de chacune des ogives sur les piliers, que garnissent d'autres écussons au chiffre de Diégo-Joseph.

Dimanche soir, le Triduum est ouvert par le R. P. Henri, du couvent du Mans. Il nous dépeint la foi vive, ardente du Bienheureux. Diégo est un homme de foi. Le salut est donné par M. le chanoine Albin, père temporel de la Communauté depuis près de vingt-cinq ans.

Le premier des jours bénis de ces fêtes, c'est le Révérendissime Père abbé des Bénédictins de Solesmes, dom Delatre, qui chante la grand'messe. C'est avec un vif plaisir, une véritable joie que nous voyons les Bénédictins s'unir à nos fêtes, car avec eux que de profonds, de poétiques, d'illustres souvenirs ! Et puis, n'est-ce pas eux qui ont donné à l'Ordre séraphique son premier sanctuaire ? L'allocution est prononcée par le R. P. Germain, du couvent du Mans. Hier, le P. Henri nous montrait le bienheureux Diégo homme de foi, le P. Germain nous le montre aujourd'hui homme d'espérance. Il signait : Fr. Diégo de l'Espérance. Le soir, un beau salut est chanté par les élèves de l'institution Saint-Louis. M. l'abbé Gouin, supérieur du Grand Séminaire, le donne. C'est ce soir que le R. P. Léon, de Nantes, commence le panégyrique du Bienheureux. Tous les regards sont fixés sur la chaire. La haute taille du Révérend Père attire l'attention. Il a la stature des siècles passés, la stature des chevaliers bardés de fer, qu'il paraît tant aimer, et il semble, à le voir, qu'il porterait sans faiblir leur lourde armure et manierait aisément leurs armes pesantes. S'il ne porte pas ces armes de fer et d'acier, Dieu lui en a remis

une terrible, une parole qui sème des fleurs, mais qui perce
et qui blesse, qui pleure et qui gémit, qui martelle et qui
broie. Dans ces trois sermons, il nous montre le bienheureux
Diégo en face de Dieu même, en face de lui-même, en face du
prochain.

Diégo, noble fils d'un hidalgo d'authentique race, donne aux
siens, dans sa petite enfance, de douces espérances. Mais hélas,
quand vient l'âge où il faut étudier, tout s'évanouit. Tant qu'il n'a
lu que dans le livre de Dieu, son intelligence comprenait, voyait
clairement, et voilà qu'elle se brise contre les sciences humaines.
Quelle douleur pour les siens devant ces obstacles insurmontables,
insurmontables pour l'homme, mais que Dieu brisera comme en
se jouant et d'un seul coup ! Diégo, en effet, pénétré de tristesse
en face de ces difficultés qui désolaient les siens, assombrissaient
son avenir, lui fermaient les portes du cloître capucin où le pous-
saient ses désirs, plein de hardiesse monte sur l'autel, et frappant
à la porte du tabernacle : « Enseignez-moi, Seigneur, et j'apprendrai. » Dieu écouta sa prière, et plus tard on dira de Diégo que
c'est une bibliothèque qui marche. Sa science est prodigieuse, il
sait par cœur nombre d'ouvrages. « Si la Bible venait à manquer,
Diégo la reproduirait, dit-on, tout entière depuis l'*In principio* de
la Genèse jusqu'à l'*Amen* de l'Apocalypse. »

Diégo comprend et sent la beauté des œuvres de Dieu. La vue
continuelle de Cadix, coupe d'argent posée sur les flots bleus,
poétise son âme; la belle nature le transporte, il est poète et
l'obéissance seule lui fera briser sa lyre, sacrifice qu'il sentira
jusqu'au plus profond de son cœur.

Diégo est un homme pénitent. Il recherche les mortifications et
s'en impose qui font frémir notre faiblesse. La croix est son amour,
sa folie. Il ne veut pas s'en séparer, et la nuit c'est une lourde
croix de pierre sur la poitrine qu'il repose sur sa couche; ce n'est
pas encore assez à son amour, il lui faut plus d'intimité encore
avec cette croix, il ne peut plus supporter d'en être séparé un
seul instant, et avec un fer rouge il l'imprime sur sa chair, à la
place du cœur.

Avec celui de la croix, un autre amour enflammait le cœur de
Diégo : l'amour de la Madone. La Vierge bénie, il l'aime, il la
chérit avec la tendresse du plus aimant des fils; à Marie il fait
part de toutes ses peines et de toutes ses joies, elle est de moitié
dans toutes ses œuvres; sans Marie il ne vivrait pas.

Une dévotion de Diégo est aussi celle de la sainte Trinité. Il en
parle d'une manière qui étonne les docteurs les plus érudits. « Il
faut, dit l'un, que ce Père, pour parler de la Trinité comme il le
fait, que les cieux lui soient ouverts et qu'il la contemple face à

face. » Il répète et répète encore le symbole de saint Athanase, déclarant qu'il le trouve chaque fois plus nouveau.

Diégo est un véritable Frère-Mineur, un vrai Capucin. Il a tous les amours, toutes les dévotions du séraphin d'Assise. Son amour de la croix, nous l'avons vu, son amour de Marie, nous le connaissons; aussi, voyons s'il a encore les trois dévotions qui caractérisent l'Ordre séraphique : l'amour du pape, le respect du prêtre, l'affection pour le peuple.

Diégo aime le Pape, mais peu l'ont aimé comme lui. Le Pape, Diégo vit de sa vie, et quand Pie VI meurt, la douleur abat tellement Diégo qu'on croit qu'il va mourir. « Ah! s'écrie-t-il, le Pape est mort, le Pape est mort, et je vis! Le pasteur du troupeau n'est plus; que vont devenir les brebis et les agneaux ? »

Oui, Diégo respecte le prêtre, et l'esprit tout imprégné des maximes de son bien-aimé Père, il se met à deux genoux devant le plus petit des ministres du Seigneur; s'il prêche dans une paroisse, à genoux il demande la bénédiction du prêtre qui l'administre.

Et le peuple, Diégo l'a-t-il aimé ? De par Dieu et par l'ordre de ses supérieurs, c'est devant les puissants, les riches, les savants que Diégo parle et prêche le pain de la parole divine ; mais c'est au peuple qu'il eût rompu cette parole s'il eût suivi ses penchants et écouté ses affections. Que n'a-t-il pas fait pour les pauvres et les petits? Voilà Diégo qui apparaît en face de son peuple. Son peuple, il lui doit la fermeté avec laquelle il a défendu son indépendance nationale, la vaillance avec laquelle il a défendu le territoire de ses pères menacé par l'invasion injuste du despotisme, son amour rêvant du pape et de l'Église, qui en fait un des peuples les plus grands.

C'est par une pensée patriotique que le Révérend Père termine la superbe trilogie qui a tenu sous le charme pendant les trois jours de ce triduum la nombreuse assistance qui l'écoutait. C'est avec une émotion indéfinissable que nous entendons ces dernières paroles, qui nous montrent une fois de plus que l'amour de la patrie, non pas un amour vain qui ne sait que s'exhaler en bruyantes et creuses paroles, mais un amour vivant et pur, bat plus que partout ailleurs sous la soutane ou sous le froc.

A sa France et à notre France bien-aimée, après nous avoir exhorté à tirer de ces fêtes des fruits de salut, notre prédicateur plein d'espérance souhaite les bienfaits du Bienheureux qu'on chante et qu'on acclame en ce moment sur tous les points de la France.

Quittons notre orateur et revenons aux belles cérémonies de ces jours heureux.

Le mardi, c'est le T. R. Père Provincial qui chante la grand'messe. Comme la veille, les chants liturgiques sont exécutés par les novices. Le T. R. P. Adolphe, définiteur, prend la parole. Il nous invite à imiter Diégo dans sa charité.

Le soir, le salut donné par M. l'abbé Chanson, archiprêtre de la cathédrale, est chanté par les élèves de la Psallette Saint-Julien. Nous voici arrivés au dernier jour. Déjà ! Comme ces belles fêtes ont passé vite! Le matin à 7 heures, la messe de communion est célébrée par M. le chanoine Coupris, vicaire général. Pendant la messe, de pieux cantiques excitent la ferveur dans les âmes.

A 9 heures, le clergé se rend au devant de Monseigneur, qui vient officier pontificalement ce dernier jour de notre Triduum. Le T. R. Père Provincial, dans une belle allocution, après avoir exprimé à Monseigneur sa reconnaissance et celle de tous ses religieux, nous montre la légitimité de nos joies et de notre fierté dans ces jours de triomphe, et nous engage à imiter le Bienheureux pour avoir part à sa récompense.

Après la messe, Monseigneur rentre au couvent, et là, avec sa bonté et sa simplicité paternelle ordinaire, Sa Grandeur visite le noviciat, cause avec les novices, dit l'*Angelus* avec eux, laisse voir à tous les religieux combien il est attaché à l'Ordre des Capucins.

Le soir, c'est la clôture de nos fêtes. Monseigneur préside pontificalement et donne le salut. Les élèves du collège de Sainte-Croix, accompagnés d'instruments, chantent le salut. En commençant son sermon, le R. P. Léon, annonçant à Sa Grandeur qu'il ne lui fera pas de compliment, parce qu'elle les mérite sans les aimer, en ajoute à celui-ci déjà si flatteur, un second des plus délicats ; le blason de Monseigneur l'inspire au Révérend Père.

Après la bénédiction du Très Saint Sacrement, Monseigneur fait vénérer les reliques du Bienheureux. Une foule considérable, sans exagération, vient rendre ses hommages au Bienheureux et notre cœur est rempli de joie à ce spectacle. On aime encore les Capucins, on aime donc encore Dieu.

Et voilà terminées ces fêtes splendides. Comme un sentiment de tristesse envahit notre âme à cette pensée! Elles étaient si belles! La parole de Clovis et celle de Rémi se présentaient à notre souvenir en ces jours. Si ce n'est là que le chemin du ciel, quelles seront douces les joies du ciel, quelles seront belles les fêtes éternelles ! Sans doute nous ne prétendons pas comparer nos cérémonies et nos décorations aux splendeurs de Reims, lorsque Rémi conduisant Clovis au baptême, celui-ci pensait entrer dans le ciel ; mais il nous est bien permis de nous rappeler la demande de l'un, la réponse de l'autre.

Gravons-la bien dans notre mémoire cette réponse. Ces fêtes magnifiques de l'Église ne sont qu'un avant-goût de celles de là-haut ; ces splendeurs ne décorent que le chemin du ciel ; nous ne pouvons pas rester en chemin, ni nous contenter d'un avant-goût. C'est le ciel lui-même qu'il nous faut, c'est la jouissance même de Dieu que nous voulons. Et pour cela imitons Diégo, et nous rappelant les conseils de l'éloquente parole qui nous a charmés tout ce temps, comme Diégo aimons la croix, aimons la Madone ; car ce sont ces deux amours qui gardent dans le chemin du ciel et y font parvenir.

III

SERMON

PRONONCÉ DANS LA CHAPELLE DU COUVENT DU MANS

Par le T. R. P. TIMOTHÉE

Ministre Provincial.

MONSEIGNEUR (1),
MES RÉVÉRENDS PÈRES,
MES BIEN CHERS FRÈRES,

Vous nous voyez dans la joie. Nous avons orné notre chapelle. Nous avons voulu lui donner la parure des jours extraordinaires. Nous vous avons demandé votre concours, le concours de vos doigts, le concours de vos aumônes, le concours de votre présence.

C'est qu'une béatification occupe une grande place dans les annales d'un Ordre religieux. Elle en est un des événements remarquables. Elle forme une de ces dates que les familles monastiques recueillent et dont le souvenir les réconforte ou les console. C'est qu'une béatification relève un Ordre religieux. Elle ajoute à sa couronne un rayon nouveau. Elle fait mieux ; elle lui ouvre une source de grâces et de bénédictions ; elle verse dans son sein les biens les plus précieux ; elle renouvelle sa vie.

Mes frères ont voulu absolument que je prenne la parole. Je le fais. Je ne vous dirai pourtant rien de notre Bienheureux. Celui de nos Pères qui vous prêche le soir est chargé de cette tâche. Je vous dirai, moi, les biens, au moins quelques-uns des biens, qu'une béati-

---

1. Mgr Abel Gilbert, évêque du Mans.

fication nous apporte. Vous comprendrez à l'exposé de ces biens la joie qui nous anime et que nous vous avons invités à partager.

Monseigneur, ce m'est une satisfaction bien douce de vous dire combien nous vous estimons, combien surtout nous vous aimons, quels liens de vive reconnaissance, de respect filial, de tendre affection nous unissent à vous, quels vœux nous formons pour la conservation de vos jours, avec quelles instances nous demandons à Notre-Seigneur de vous garder des années, et des années encore, à la tête de cette belle Église du Mans. Monseigneur, vous me permettez de l'ajouter. Le bonheur de vous adresser ces paroles en ce jour où vos pieux diocésains nous entourent et de m'acquitter ainsi de la dette dont vos bontés nous ont chargés, n'a pas été la dernière des raisons qui m'ont déterminé à monter dans cette chaire.

Et d'abord une béatification nous donne un protecteur nouveau. Un protecteur nouveau! Bienfait inestimable! Présent d'un amour délicat! Mes Frères, votre cœur déborde de joie ; vous relevez la tête avec fierté le jour où un membre de votre famille, un frère, un oncle a pu conquérir une situation élevée. « Ah ! vous écriez-vous, le cœur dilaté et le front rayonnant, il y a quelqu'un qui pourra enfin me pousser et me soutenir. Je puis enfin compter sur une protection puissante et dévouée. Mon avenir est assuré désormais, ma position faite. »

Voyez-vous l'orgueil satisfait avec lequel cet homme vous énumère les protecteurs influents qui s'intéressent à lui et dont le suffrage lui est acquis? Vous enviez le sort de ceux qui ont à la cour ou près du pouvoir des amis écoutés. Ne connaissez-vous personne, au contraire? « Ah ! vous écriez-vous, l'âme triste, le front courbé, si j'avais des protections, oui, je parviendrais. Mais personne ne s'intéresse à moi et ne parle pour moi. »

Je comprends vos émotions et vos tristesses. La protection joue un rôle, toujours considérable, souvent prépondérant, dans les affaires de notre terre. La protection est la clef qui nous ouvre les portes de la vie ; elle est le char heureux qui nous conduit sur le chemin de la fortune et des honneurs ; c'est elle, on peut le dire, qui fait et qui défait les positions. Je comprends que vous la recherchiez et que vous soyiez fiers et heureux de la trouver.

Mais on nous la donne aujourd'hui cette clef mystérieuse qui ouvre les portes de la vie. Je la trouve à mon tour cette protection, le rêve et l'espoir des hommes qui veulent parvenir. Mon avenir est assuré désormais, ma position est faite, et mon avenir le plus cher, l'avenir de mon âme, et ma position la plus désirable, ma position éternelle.

Je suis chrétien ; je sais que la protection qui dirige les affaires de cette terre ne joue pas un rôle moins considérable dans les affaires de notre éternité. Nous savons que les âmes bienheureuses qui règnent avec Dieu dans le ciel n'ont pas cessé de nous aimer, que la gloire en purifiant leur amour n'a fait que le rendre même plus tendre et plus fort. Nous savons que ces âmes immortelles s'intéressent à nous, que nos épreuves et nos misères les émeuvent et les touchent, et qu'elles emploient le crédit dont elles jouissent à les adoucir et à les soulager. Nous savons que nous devons à leur intercession dévouée une très grande partie des biens surnaturels que nous avons reçus.

A quelle source avez-vous puisé cette lumière qui a jailli tout à coup dans votre esprit et qui vous a montré la vérité ? Où donc avez-vous trouvé la force de résister à cette tentation si délicate et si séduisante et qui vous entraînait déjà ? Où le bonheur d'échapper à ce danger ?

Vous aviez au ciel un protecteur et un ami. Vous aviez au ciel cet enfant qu'un ange venait chercher l'année dernière dans son berceau. Vous aviez au ciel cet époux, cette épouse que les desseins mystérieux de la Providence ont transporté avant vous dans ce séjour du repos. Ils ont parlé pour vous ; ils ont pris en mains votre cause ; ils ont employé en votre faveur leur crédit ; et cette grâce vous ne l'auriez pas reçue, vous n'auriez pas échappé à ce danger, si ces amis compatissants et dévoués n'avaient plaidé pour vous.

Elle est donc naturelle, elle est donc légitime la joie que nous éprouvons, lorsque l'Église accroît le nombre de ces protecteurs et de ces amis ; plus naturelle et plus légitime encore, lorsque l'élu qu'elle place dans ce cénacle éternel est notre frère, lorsqu'il appartient à notre famille religieuse.

Le voilà, nous écrions-nous en le voyant apparaître sous son auréole de gloire, le voilà celui qui aime et la religion sa mère, et ses frères, et leurs bienfaiteurs, et leurs amis. Le voilà celui qui ne les oubliera jamais et qui ne cessera jamais d'intercéder et de plaider pour eux devant le trône de Dieu.

Vos protecteurs vous oublient ; ils vous abandonnent. Ceux même qui vous avaient promis le plus chaudement leur appui et sur lesquels vous aviez le plus compté, méconnaissent leurs engagements ; ils ne rougissent pas de faillir à leurs promesses. Ils font plus. Ils se dérobent à vos visites ; ils vous fuient. Votre présence leur reprocherait leur oubli ; votre tristesse et vos larmes accuseraient leur abandon si lâche.

Le voilà le protecteur dont l'amour et la fidélité ne failliront jamais ; le protecteur qui ne cessera jamais de s'intéresser à nous et dont l'intercession nous vaudra, à nous et à vous, j'en ai la confiance, une plus grande abondance de biens spirituels. Le voilà celui qui ne la perdra jamais de vue cette mère qui l'a nourri, qui l'a élevé et qui lui a donné de parvenir à cette gloire, la religion, et qui sera pour elle dans les tristesses et dans les dangers de l'heure présente un soutien assuré, un rempart inexpugnable.

Ma joie éclate et je remercie l'Église qui me donne dans la personne du bienheureux Diégo-Joseph un protecteur nouveau.

II. Nous nous réjouissons en second lieu parce qu'en acquérant un nouveau Bienheureux, nous acquérons un exemple et un modèle nouveau.

Mes bien chers Frères, lorsqu'on voit les effets merveilleux que l'exemple produit, on aspire à le rencontrer, on le demande, on l'appelle et on remercie avec effusion la Providence qui le multiplie.

L'exemple est une lumière qui éclaire nos pas et qui nous montre la voie dans laquelle nous devons marcher. L'exemple est une chaleur qui excite et qui soulève nos cœurs. L'exemple est un feu dont la flamme toujours ardente et toujours vivante consume et dévore les âmes qui l'approchent ; un aimant dont l'attraction à la fois forte et douce attire et attache les cœurs même les plus rebelles. L'exemple est cette voix sonore et puissante que le désert lui-même entend et qui ébranle ses solitudes.

« La vue de vos Saints, s'écrie saint Augustin, l'exemple de ces hommes que vous aviez appelés des ténèbres à la lumière et qui vous avaient servi avec un zèle si noble, excitait mon cœur ; il m'enflammait ; il me transportait ; il ne me laissait aucun repos. »

De combien de dévouements, de combien d'actions généreuses l'exemple des hommes illustres qui nous ont précédés n'a-t-il pas été la source ! Combien de vertus, combien d'héroïsmes le souvenir de leur vie n'a-t-il pas enfantés ?

Le missionnaire a lu dans nos annales avec quelle générosité ses frères ont quitté leur patrie, avec quel zèle ils ont travaillé, avec quel courage ils ont souffert. Son cœur a tressailli ; un feu s'est allumé en lui ; et il s'est écrié : je serai apôtre, moi aussi, et s'il le faut martyr.

Vous cherchez la source où ce guerrier a puisé son

enthousiasme et son élan. Vous trouverez ouvert sur sa table ou sur sa couche, le livre où sont contenues les guerres de ses concitoyens. On lui a raconté leurs exploits ; on lui a redit ces faits merveilleux que la postérité a recueillis ; ces récits l'ont enivré ; il a voulu la conquérir à son tour cette palme de l'immortalité.

Combien de vos fils le souvenir de leurs ancêtres et de leur père n'a-t-il pas retenus et ne retient-il pas encore chaque jour dans la voie du devoir et de l'honneur chrétien ? Leurs pères ont mené une vie exempte de tache ; ils ont joui d'une estime qui n'a jamais connu d'éclipse ; ils ont illustré leur maison ; ils ont laissé une mémoire précieuse. Et mes ancêtres auraient à rougir de moi ! Et je traînerais dans la boue ce nom qu'ils ont honoré et qu'ils ont porté avec un éclat si pur !

Pour nous aussi religieux, l'exemple est une lumière et une force. L'exemple est la voix qui éveille, le feu qui embrase, l'aimant qui attire et qui attache. Et la Providence, en nous donnant dans la personne de nos Saints et de nos Bienheureux des exemples et des modèles, la Providence nous accorde une faveur choisie.

La vue de ces nobles âmes nous montre le chemin dans lequel nous devons marcher ; elle nous rappelle la perfection à laquelle nous sommes appelés ; elle la grave en traits ineffaçables dans notre esprit ; elle nous dit que nous pouvons la conquérir à notre tour. L'exemple de leur vie échauffe et embrase nos cœurs ; il les excite, il les élève, il leur communique une ardeur qu'ils ne connaissaient pas.

Nous voudrions nous endormir et céder à l'engourdissement ; le souvenir de ces âmes si hautes nous éveille, il nous pousse, il nous ranime. Nous entendons les plaintes et les sollicitations de la nature ; nous voudrions prêter l'oreille à ces plaintes et nous arrêter. Les exemples héroïques de ces âmes remontent notre courage et relèvent notre élan.

Plus haut ! nous crie, et le jour et la nuit, cette voix de

l'exemple, plus haut encore! Vous êtes les frères des
Saints ; vous habitez une terre féconde en héros. Il ne
vous est pas permis de vous endormir dans un sommeil
lâche et paresseux ; il ne vous est pas permis de végéter
et de vous contenter d'une vertu médiocre.

Il est grand, mes Frères, le nombre des religieux qui
ont trouvé dans la lecture d'une vie de ces hommes le
principe de leur vocation ; grand le nombre des religieux qui ont trouvé dans le souvenir et dans la vue
de leurs exemples le principe de leur perfection et de
leur sainteté. Félix de Cantalice nous a donné Crispin
de Viterbe, Bernard d'Ophyde, Séraphin de Montégra-
nario. Laurent de Brindes nous a donné Benoît d'Urbin,
Ange d'Acri, Diégo-Joseph et tant d'autres dont le nom
n'a pas été inscrit dans le martyrologe de l'Église, mais
dont les vertus ont jeté un si vif éclat devant Dieu et
devant les hommes.

Je le sais, malheureusement, la sainteté n'est que
le partage d'un petit nombre. L'exemple de ces hommes
illustres n'agit pas sur tous leurs frères avec la même
puissance. Mais à tous, je ne crains pas de le dire, cet
exemple apporte une force et un soutien. Mais tous, il
les préserve des déchéances trop profondes et des abais-
sements trop grands ; il élève, il purifie leur idéal ; il
les maintient sur des cimes plus hautes et plus lumineuses ; il les enveloppe d'une atmosphère plus nette et
plus fortifiante.

Et ainsi vivent les religions ; et ainsi conservent-elles
leur ferveur ; et ainsi passent-elles à travers les siècles,
jeunes toujours, fécondes et florissantes toujours,
pleines de sève, gardant devant Dieu et devant les
hommes leur gloire et leur renommée, répandant autour d'elle l'odeur toujours saine et toujours vivifiante
de leurs œuvres et de leurs vertus.

Vous nous serez, vous aussi, ô bienheureux Diégo-
Joseph, un de ces exemples lumineux et fortifiants.
Votre zèle brûlant, votre figure toujours penchée sur

votre crucifix, votre regard à la fois si ardent et si doux
toucheront, eux aussi, quelques cœurs ; ils leur inspi-
reront le désir de vous suivre ; vous vous susciterez,
vous aussi, des imitateurs, et vous accroîtrez au milieu de nous cette génération des forts, cette race bénie
des Saints et des Bienheureux.

III. Mais il est une autre cause de notre joie, mes
Frères ; et pourquoi ne le dirais-je pas? la principale,
celle qui nous émeut davantage et qui provoque le plus
vivement notre reconnaissance.

Vous l'avez remarqué, mes Frères, les Ordres religieux recherchent avec un zèle que rien ne ralentit les
honneurs de la béatification et de la canonisation. Pour
les obtenir, aucune démarche, aucun sacrifice ne leur
paraît trop dur. Posséder des Saints et des Bienheureux,
c'est la gloire qu'ils ambitionnent tous ; c'est le trésor
que leurs regards avides convoitent. Ils comptent avec
fierté ceux de leurs membres qui ont déjà obtenu ces
honneurs. Ils attendent avec impatience le moment où
l'Église accroîtra encore ce nombre. Ils hâtent de leurs
vœux les plus ardents cette heure.

C'est qu'une béatification est une couronne que Dieu
lui-même pose sur le front d'un Ordre religieux, un dia-
dème dont il orne sa tête. C'est qu'une béatification est
une consécration authentique et officielle que Dieu fait
de cet Ordre religieux.

La sainteté est le sceau que Dieu imprime sur ses
œuvres. La sainteté est le signe auquel on reconnaît et
d'une manière infaillible sa présence, son action, sa
vertu. Dès lors un Saint, un Bienheureux ! une des
récompenses les plus douces qu'un Ordre religieux
puisse recevoir ici-bas ! un des encouragements les plus
précieux que le Ciel puisse lui donner ! Un Saint, un
Bienheureux ! Une des marques les plus sensibles de
l'amour que Dieu porte à un Ordre religieux ! La preuve
éclatante que l'Esprit divin n'a pas cessé d'animer cet

Ordre, qu'une flamme céleste le consume et le vivifie encore, que si les faiblesses et les défaillances inhérentes à notre humanité et qu'aucune société ne saurait éviter, ont répandu et répandent encore sur lui quelques taches, une sève puissante ne cesse pourtant pas de courir encore dans ses veines et de lui communiquer la force et la vigueur!

Vous jugez un arbre à ses fruits. Lorsque vous le voyez au printemps se couvrir de fleurs, lorsque vous voyez à l'automne ces fleurs se changer en une riche provision de fruits, vous admirez la vitalité de cet arbre, et vous vous dites qu'une sève abondante et généreuse circule dans ses branches.

Regardez cet arbre que la religion a planté et qui étend au loin ses rameaux. Voyez ces fruits pleins et dorés que l'Église cueille de temps en temps sur ses branches. Vous admirez cette forme, ces couleurs, ce goût. Il est vivant cet arbre ; il garde sa verdeur; les années ont passé sur son front, elles ne l'ont ni abattu ni courbé. La fécondité, ce signe suprême de la vie, la fécondité dont il garde encore les richesses et les magnificences, vous en donne la preuve.

Oui, nous vivons, mes Frères, nous vivons, nous qui enfantons des Saints et des Bienheureux. Nous avons gardé et notre sève et notre verdeur et notre vitalité. Oui, mes Frères, il vit encore cet Ordre, il accomplit encore sa mission, il n'a point perdu encore son ancienne discipline. Les siècles ont passé sur son front, ils n'y ont pas creusé de rides profondes. Les faiblesses et les caducités de l'âge n'ont pas miné encore sa robuste constitution. Il garde encore au cœur cette flamme que son fondateur y alluma. L'Esprit divin est là, toujours présent, toujours agissant ; il l'anime, il le meut. Dieu le bénit encore, il le regarde encore d'un œil bienveillant, il l'aime. Je le sais, j'en ai la certitude. La voix des Saints et des Bienheureux que l'Église choisit parmi ses membres, me le crie.

O encouragement précieux ! O consolation ineffable ! O douceur et joie suprême !

Oui, tu vis, ô religion séraphique et capucine ! Tu gardes ta jeunesse et ta verdeur. Oui, mère vénérée, mère qui m'as porté dans tes flancs et qui m'as nourri de ton lait, mère féconde de Saints, pour me servir des expressions de notre Saint-Père le Pape lui-même, *fœcunda sanctorum parens*, oui, tu vis encore, tu gardes encore ta vieille verdeur et ta forte membrure.

Je regarde ces fils que tu élèves successivement sur les autels. Je regarde ces enfants nombreux que l'Église vient chercher sur ton sein et qu'elle couronne. C'était il y a quelques années Ange d'Acri, c'était Benoît d'Urbin, c'était Laurent de Brindes, Félix de Nicosie, c'est aujourd'hui Diégo-Joseph. D'autres s'apprêtent, ils attendent, ils viendront à leur tour. Je reconnais à ce signe la sève surnaturelle qui court dans tes veines et qui leur communique la vie. Mon front rayonne, mon cœur tressaille, je me sens encouragé et fortifié. Oui, tu vis, tu possèdes encore la confiance de ton Dieu, tu accomplis encore ta mission.

Oh ! merci à vous, ô bienheureux Diégo-Joseph, qui me donnez en ce jour cette preuve nouvelle de notre vitalité ; merci à vous, ô Bienheureux, dont l'exaltation nous remplit aujourd'hui de cette consolation et de cette joie ! Daignez, je vous en supplie, achever votre œuvre. Donnez-nous, à nous vos frères de marcher, au moins de loin, sur vos traces et de devenir, sinon des Saints, au moins des religieux fervents ; à ces fidèles si pieux la récompense de leur affection persévérante et de leur générosité ; à tous le bonheur de jouir avec vous de la gloire éternelle. C'est la grâce que je vous souhaite avec la bénédiction de Monseigneur.

PANÉGYRIQUES DU BIENHEUREUX

Prononcés par le R. P. LÉON

Quoniam non cognovi litteraturam,
introibo in potentias Domini.
Sans le secours des lettres humaines, j'entrerai dans les puissances
du Seigneur.   (Ps. 70.)

MES RÉVÉRENDS PÈRES,
MES BIEN CHERS FRÈRES,

Rien n'est plus admirable que l'action de la Providence ici-bas.

Dieu, qui a créé les individus et les peuples, s'est
réservé d'intervenir dans leur histoire par la justice ou
par la miséricorde, toujours d'ailleurs avec une adorable
opportunité. S'agit-il de châtier, dès ce monde, les révoltes de leur orgueil? Dieu n'a qu'à lâcher la bride aux
passions. D'ordinaire les excès mêmes du mal suffisent
à faire éclater l'indispensable besoin qu'a du Tout-Puissant la créature humaine.

Veut-il, au contraire, suavement et fortement tout
ensemble, révéler la sagesse de sa conduite dans les
événements? Il introduit providentiellement dans son
œuvre des hommes extraordinaires. Armés de sa grâce,
on les voit soudain parler, agir, souffrir; on les voit
mourir et triompher en son nom : et Dieu seul est glorifié.

Alors, comme aux premiers jours du monde, le Très-
Haut semble se jouer dans ses œuvres : *ludens in orbe*
terrarum. Il se plaît aux reliefs saisissants, aux contrastes sublimes.

Tantôt Il confine une âme riche de vertus entre les quatre murs d'une petite cellule, dans une étroite classe d'écoliers, dans une pauvre église de campagne :

Voici Claire d'Assise, Joseph Calazan, Jean-Baptiste Vianney : tout le ciel dans une goutte de rosée !

Tantôt les oppositions s'accusent entre les phases de la même existence : au matin, les vanités du plaisir, les tristesses noires de la passion ; à midi, les larmes et les généreux élans du repentir ; au déclin toutes les splendeurs d'un amour séraphique.

Ne reconnaissez-vous pas Marie-Madeleine, Paul, Augustin ?

Ici les joies et les charmes d'une aurore de pureté ; là les horreurs de la prison et de l'échafaud ; le tout ensoleillé de foi et de magnanime courage.

Je nommerai Cécile, Agathe, Lucie, Marguerite, Jeanne d'Arc.

Voulez-vous des antinomies plus frappantes ?

Je les prends aux deux extrémités de l'histoire chrétienne : bâton en main, Pierre entre à Rome, ce batelier chasse les dieux, les aigles éperdues, il plante la croix au Capitole.

Dix-huit cents ans plus tard, expiation effroyable de la vermine morale de son siècle, Benoît-Joseph Labre, le rosaire entre les doigts, marche vers les autels de l'immortalité, tandis que la gloire des conquérants trouve à peine un rocher pour mourir. Partout, dans la vie des Saints, vous rencontrerez de ces merveilles divines.

Aussi, devant la magnificence de ces âmes, si mystérieusement conquises par la grâce, le cœur vibre dans un enthousiasme de foi et d'amour ; le cri d'admiration du Prophète s'échappe des lèvres : « Dieu est admirable dans les vastes abîmes de la mer ! Admirable sur la cime des grands monts ! Il est surtout admirable dans les œuvres des Saints : *Mirabilis Deus in Sanctis suis.*

Rarement, cette science des contrastes s'est rencontrée

à un plus haut degré que dans la vie du bienheureux Diégo-Joseph, prêtre-profès de l'Ordre des Mineurs-Capucins, dont nous célébrons ensemble le solennel *Triduum*.

Né à Cadix en 1743, mort à Ronda en 1801, béatifié par Léon XIII le 22 avril 1894, celui que ses contemporains surnommèrent « un nouveau Paul », — « l'apôtre de la Très Sainte-Trinité », — « l'ange tutélaire de l'Espagne », est incontestablement un des hommes les plus extraordinaires que Dieu ait suscités dans les temps modernes, pour le triomphe de sa cause et pour le salut des âmes.

Afin de nous borner, dans une matière que trop d'abondance même pourrait appauvrir, arrêtons-nous à cette trilogie féconde :

Diégo en face de son Dieu, ou le SAINT.

*Diégo en face des âmes, ou l'*APÔTRE.

*Diégo en face de son Ordre et son siècle, ou l'*ANGE TUTÉLAIRE DE L'ESPAGNE.

Admirons aujourd'hui dans la vie de notre Bienheureux, ce qui en fait tout d'abord l'originalité et la grandeur :

Je veux dire les contradictions de la nature et les harmonies de la grâce, les impuissances humaines et les puissances divines, rapprochées miraculeusement en Diégo par la forte main de l'unité conciliatrice.

Quoniam non cognovi litteraturam, introibo in potentias Domini.

Le bienheureux Diégo en face de Dieu, ou le Saint.

Le bienheureux Diégo naquit le 29 mars 1743 à Cadix, ville maritime de l'Espagne méridionale. Son père, Don Joseph Lopez Caamagno et sa mère Dona Maria Garcia Perez, tous deux de noble race, étaient alliés aux plus illustres familles de la Galice. Mais leurs vertus valaient mieux encore que le blason de leurs ancêtres. Et l'enfant de bénédiction qui venait de recevoir au baptême les noms de Joseph-François, fut surtout leur titre d'honneur, devant Dieu et devant la postérité.

Dès son enfance se réalisa pour notre Bienheureux la parole du Prophète : « *Quoniam non cognovi litteraturam, introibo in potentias Domini.* Sans les secours humains, j'entrerai dans les puissances du Seigneur. »

Il n'avait pas encore ouvert les manuels de philosophie, ni même l'abécédaire du jeune âge, qu'il apprenait à lire dans les livres de Dieu.

La Providence avait ouvert sous les yeux de l'enfant ces trois livres tout de lumière et de douceur : l'Océan, le cœur de Dona Maria, sa mère, les Pauvres.

Diégo sut bien vite comprendre et goûter, en ces trois pages divines, le nom du Père qui est dans les cieux.

I

Comment l'Océan n'eût-il pas tout d'abord captivé cette âme vierge et matinale ?

« Les âmes, dit saint Bonaventure, ont des capacités divines. En face du beau elles deviennent mélodieuses. » *Symphonialis est anima, capax Dei.*

L'Océan fait rêver de Dieu. De là ce proverbe espagnol, sans doute connu de l'enfant : « Veux-tu savoir prier ? Fais connaissance avec la mer. » — Oui, la contemplation de l'Océan rapproche de Dieu.

Aussi l'âme des marins a-t-elle des instincts plus naturellement religieux. On ne fréquente pas impunément cette école de l'infini. Or, la divine Providence avait fait naître Diégo à Cadix, dans la presqu'île de Léon, à l'extrémité d'une baie de dix lieues de tour. L'enfant avait été bercé au perpétuel murmure des grandes vagues.

Des tourelles et du belvédère de la maison seigneuriale des Caamagno, ses yeux embrassaient un horizon incomparable.

D'un côté, l'immensité des vagues déferlant contre les bancs de sable et les rochers des forts de Saint-Sébastien et de Sainte-Marie ; le phare et le pont fortifié de Suazo qui relie Cadix au continent.

De l'autre les plaines enchanteresses de l'Andalousie, traversées par les eaux claires du Guadalquivir, et par delà ces plantations si luxuriantes de vignes, d'oliviers, d'orangers, les cimes bleuâtres de Grenade, de Castril et de Nevada.

Pauvre de verdure, mais rutilante de soleil, avec ses remparts quinze fois séculaires, flanqués de bastions, ses voiles blanches, ses chapelles et ses maisons aux gaies couleurs, Cadix n'évoque-t-elle pas le souvenir biblique de cette cité opulente, située au cœur des flots : *in corde maris sita;* parfaite en beauté, *perfecti decoris;* divin paradis, *paradisus Dei;* prenant un essor de chérubin vers l'immensité, *cherub extentus et protegens* » ?

Comment cet infini des cieux, des flots et des montagnes lointaines n'eût-il pas fait vibrer dans l'âme virginale de Diégo, les cordes toutes prêtes à chanter de la prière et de la poésie ? Son cœur comprit d'instinct cette « littérature toute céleste ; — *litteræ cœlestes* », suivant le mot de saint Augustin.

Ce poëme sans égal mit en lui autant de joie que de dévotion.

Mieux encore que Cadix, sa ville natale posée, disent les Espagnols, « comme un plat d'argent sur les flots bleus », et battue de larges brises, l'âme de notre jeune Saint devenait tout lumière et harmonie pour aimer et célébrer le Créateur.

Il reçut de ce spectacle grandiose une blessure sacrée qui ne devait plus guérir. Que de fois, plus tard, dans le silence de sa cellule, son manuel de philosophie lui tombera des mains ! Qu'a-t-il donc vu tout-à-coup dans le rayon de l'évocation charmeresse ? C'est Cadix, la joyeuse et la belle qui vient réveiller, jusque sous le froc du moine, le *mens divinior* du poëte. Son âme s'écoule alors en strophes faciles. Et ce n'est qu'après maints reproches de ses Lecteurs, qu'il sortira victorieux définitivement de la lutte entre son cœur et le devoir austère. Il jettera au feu ses cahiers de poésie : « Dieu, dit-il, ne nous demandera pas si nous avons été d'élégants poëtes, mais si nous avons été de sérieux chrétiens. »

Avec ce premier livre de littérature divine, l'Océan, Diégo eut sous les yeux, les leçons de l'*amour maternel*.

Le cœur de Dona Maria lui enseigna la pureté et la piété ! Ah ! ce livre du cœur de la mère, toujours ouvert au foyer chrétien sous les yeux avides des petits ! Cette philosophie faite de sourires et de larmes, de doux regards et de caresses, de reproches toujours écoutés, quand c'est l'amour qui les dicte, Diégo eut le bonheur de l'apprendre dès ses plus jeunes années. Entre sa mère et lui, allaient et venaient, aimantes, les pensées de piété, de bonté, d'obéissance, de sacrifice même, qui constituent le fond de toute éducation sérieusement chrétienne.

Livre adorable du cœur de la mère où l'homme, à l'heure de la première initiation, épelle joyeusement les syllabes de la science de la vie ! *Vade mecum* de tendresse, où brillent, inoubliables, les premières notions du devoir ! Heureux celui qui vous eut sous les yeux, à son entrée en ce monde ! Il conserve de vous, dans l'ombre des jours les plus mauvais, un souvenir impérissable, qui le réconforte et le console en le rajeunissant !

Aussi « revenez, s'écrie le grand de Maistre, revenez à ces genoux, à ces bras, à ce cœur où se forme l'homme moral qui, s'il n'est pas né à douze ans, ne naîtra jamais ».

Or, notre Diégo atteignait à peine son neuvième printemps, lorsqu'il eut le malheur de perdre sa mère. Mais les saints enseignements, les admirables exemples que lui avait donnés Dona Maria lui laissèrent dans l'àme une telle impression, que longtemps après ils servaient encore à sa ferveur de stimulant et d'aiguillon. Il dut à cette bonne mère un double trésor : une piété toute filiale pour Jésus et Marie, laquelle se fondait suavement en colloques de naïves tendresses ; une angélique pureté, qui devait disposer merveilleusement son esprit à recevoir les lumières divines.

Grâce à sa mère, Diégo croissait en vertu ; ses voies étaient immaculées, belles et pacifiques ; *viæ ejus pulchræ et pacificæ*, et l'incessante augmentation des grâces qui lui venaient du ciel par les lèvres de sa mère, donnait à son adolescence, suivant l'expression de la Bible, « l'éclat des plus riches diadèmes. » — *Dabit capiti tuo augmenta gratiarum, et corona inclyta proteget te.*

Hélas ! combien d'enfants aujourd'hui, s'en iront désolés par des chemins qu'aucune pensée chrétienne n'illumine ! Esclaves de déshonorantes passions, sans foi, sans espérance, dès lors sans courage, sans autels et sans Dieu ! Incapables de rien comprendre au problème de la vie, de la douleur et de la mort ! Que s'est-il donc passé ?

La mère a manqué à sa mission. Femme sans croyance, je n'ose pas dire sans amour, elle n'a pas su ouvrir à l'enfant le livre de ses destinées, et le malheureux s'en va, tenant sept fois scellée dans ses mains cette Apocalypse de larmes !

Un troisième livre divin acheva de former la première éducation du Saint : ce furent *les Pauvres.*

Dès qu'il avait pu marcher, Dona Maria l'avait emmené, avec elle, à la visite des indigents.

« En Espagne, écrit Balmès, les pauvres sont nombreux, mais ils sont rois. Jamais pauvre n'a manqué de pain à la porte d'un couvent. »

Que de fois notre aimable enfant put lire dans la cabane des pêcheurs et des mendiants de Léon cette grande page de théologie populaire : le pauvre de Notre-Seigneur Jésus-Christ !

Vélin sacré où depuis dix-neuf cents ans le burin de la douleur retrace, avec des larmes et du sang, les traits du Sauveur du monde !

Évangile de tous les siècles, tiède encore des baisers de toutes les âmes miséricordieuses ; diptyques éternels de l'amour généreux ; livre d'or où brillent les larmes de Lazare l'affamé, les stigmates de François d'Assise, et les sourires de Vincent de Paul !

Oui, Diégo aimait ce livre vivant, — le Pauvre, — qui redit tout : la faute originelle de l'homme, les malédictions du Seigneur, le mystère de la souffrance : sa justice, ses joies, sa fécondité, ses gloires, l'histoire entière de notre religion.

A cette école de la pauvreté visitée et secourue, Diégo puisa une immense compassion pour les pauvres. Comment s'étonner qu'il s'enrôlât plus tard dans l'armée de l'immortel amant de la très haute pauvreté, le séraphique François d'Assise ?

N'avait-il pas reçu dès l'enfance, avec cette science divine, l'avant-goût de sa béatitude : *Beatus qui intelligit super egenum et pauperem.*

Le Bienheureux a compris l'Océan, sa Mère et les Pauvres ! Trilogie de grandeur et d'amour ! Et voilà pourquoi il est entré dans les puissances du Seigneur.

Le beau admiré, le vrai connu, le bien pratiqué, ont disposé dans son cœur les escaliers du Prophète : *Ascensiones in corde suo disposuit.*

II

Mais, jusqu'ici notre Bienheureux est allé à Dieu par le jet spontané de ses aspirations et de ses pures amours. Dès qu'il voudra suivre le chemin de la science humaine, il sentira, dans cette recherche nouvelle du Créateur, le poids de trois impuissances, douloureuses comme des chaînes, inexorables comme des murs de prison. Dérision amère ! son âme croit s'envoler vers l'infini de la vérité, et, pour la première fois, elle sent les entraves d'un esprit récalcitrant, d'une mémoire revêche que l'étude laborieuse, infatigable même, fatigue sans pouvoir l'enrichir.

L'école, le cloître, la chaire apostolique, triple péristyle où le Bienheureux va nous apparaître d'abord dans la faiblesse native des moyens humains, chargé des liens d'une captivité intellectuelle désolante, et bientôt, par un miracle rare dans l'économie de la divine Providence, en possession définitive des lumières et des énergies du Seigneur : *Quoniam non cognovi litteraturam, introibo in potentias Domini.*

Notre Saint avait alors dix ans. A peine eut-il entre les mains les premiers éléments de la science humaine qu'apparut la pauvreté de sa nature intellectuelle. La science ne mordait pas sur le marbre de son esprit fermé. On le confia à un bon prêtre pour apprendre la grammaire latine.

Malgré la diligente sollicitude du maitre, et, il faut l'avouer, l'extraordinaire application de l'élève, les résultats furent presque nuls. Don Joseph, son père, ne perdit pas courage. Diégo fut envoyé chez les Dominicains de Monda, afin d'y commencer l'étude de la logique.

Ici encore, même insuccès. Après un an d'essai, les professeurs déclarèrent que l'écolier tomberait malade, s'il continuait à marcher dans une voie qui n'était pas la sienne. Découragé, Don Joseph dut reprendre son fils, lequel, disent ses biographes, « supportait tout avec humilité, attentif à suivre seulement la volonté de Dieu ».

Cependant son cœur délicat souffrait, pour son père surtout, de cette impuissance à conquérir le savoir humain.

Arrêtons-nous un instant, mes Frères, pour recueillir une salutaire leçon : Diégo a pu, sans le secours de la science humaine, s'élever jusqu'à Dieu. La science humaine n'est donc pas la voie royale qui doit conduire les âmes au ciel ! La science n'est donc pas la panacée universelle, l'élément souverain de la régénération sociale ?

Que signifie, dès lors, cette affirmation de deux sophistes contemporains : « Notre tâche la plus élevée consiste à développer chez tout homme qui vient au monde, l'intelligence. Voilà notre religion, mes amis, la religion de la culture intellectuelle. » (Gambetta.)

Et encore : « Messieurs, dans le monde moderne, la science sera le véritable et tout puissant pacificateur. » (Jules Ferry.)

Eh bien ! n'en déplaise à ces Messieurs, la science ne sauvera rien, parce que la science n'est pas le partage de tous, mais le monopole d'un petit nombre de privilégiés. La science n'est pas un moyen facile, universel, décisif de salut. Devint-elle le patrimoine de tout le monde, elle laisse debout, vivantes et terribles, les passions, ces ennemies éternelles de toute société. « Autrefois, — disait dernièrement l'exécuteur des hautes œuvres, — je guillotinais des brutes, aujourd'hui je guillotine des gens instruits : voilà toute la différence. »

La science ne dit rien ou dit peu aux âmes qui l'interrogent sur les problèmes redoutables de nos destinées.

La science ne sera pas, ne peut pas être une religion.

La religion est une trajectoire sublime et populaire, qui mène nécessairement et joyeusement à Dieu. Or, que de savants ont blanchi sur les livres de science, sans avoir jamais connu Dieu !

Par contre, combien d'enfants et de simples femmes se sont indissolublement unis à Dieu, sans avoir jamais mis le pied sur le terrain scientifique !

Ah ! sans déprécier le flambeau de la raison qui découvre tant de merveilles, sachons toujours lui préférer le soleil de la foi. Rappelons-nous cette belle pensée du cardinal de Bérulle : L'amour a donné plus de lumière, que la lumière n'a donné d'amour.

Je constate la première impuissance du Bienheureux Diégo. Je ne la célèbre pas comme un triomphe. L'Église n'est-elle pas justement fière de sa splendide phalange de Docteurs ? Et Diégo n'est-il pas le premier à s'humilier de cette misère de son âme? Mais il la déplore sans se décourager. La science n'a jamais été l'appoint indispensable de la sainteté. Le génie d'Augustin a vu les ignorants et les illettrés emporter d'assaut le paradis. Diégo attend avec patience l'heure de Dieu : elle sonnera bientôt. *Quoniam non cognovi litteraturam, introibo in potentias Domini.*

Que deviendra donc le fils de Don Joseph ? La carrière des lettres lui est fermée. D'autre part le nom et la noblesse des Caamagno ne permettent pas d'en faire un marchand. Certaine aristocratie de nos jours serait peut-être moins délicate sur les procédés d'établissement familial. Ne voyons-nous pas trop souvent le blason armorié servir d'enseigne au temple de la finance, au champ de courses, comme au cirque du plaisir ?

Que deviendra Diégo ? Le monde semble ne devoir lui faire au soleil, qu'une place totalement disproportionnée à sa vertu et au mérite de sa famille. Cette infériorité intellectuelle sera pour l'enfant une cause permanente de souffrance. Si, du moins, Dieu l'appelait à la vie monastique ! Il trouverait dans la solitude du cloître silencieux, avec un milieu plein de charité et de fraternelle condescendance, la facilité de suivre l'attrait de son cœur, sans avoir trop à redouter la critique amère et les défaveurs d'un monde étroit, pour qui la science humaine l'emporte sur la vertu chrétienne.

Ici, hélas! s'ajoute à sa première cause de tristesse une autre lamentable impuissance. « Je voudrais bien être religieux », répétait-il à sa famille.

Mais l'appel divin n'a point retenti à l'oreille de son âme. En vain, matinal et empressé, il assiste, chaque jour, avec une ferveur de séraphin, à toutes les messes qui se célèbrent dans la chapelle des Capucins d'Ubrique; en vain, il pénètre sous les arceaux du couvent, visite les cellules, converse avec les Fils de la Pénitence. Un bon vieux Frère convers lui prête même les vies de saint Fidèle de Sigmaringue et de saint Joseph de Léonisse, tous deux de l'Ordre Séraphique. L'enfant ne cache pas son admiration pour les Frères-Mineurs Capucins, ni ses prédilections pour leur pauvre chapelle. Il devient plus pieux, plus méditatif encore. Mais ni ses prières, ni ses communions ne lui ouvrent l'entrée du chemin lumineux qui conduit à la vie du cloître. Diégo semble enchaîné à une pénible, mais insurmontable impuissance.

Enfin, la vocation plane au-dessus de sa tête; mais qui l'aurait cru? Ce n'est que pour provoquer la flamme de ses désirs, en l'écrasant sous la dure nécessité, sous l'impossibilité même d'atteindre jamais le rayonnant idéal!

La contradiction lui vient de partout. Ses frères essaient de le détourner d'une carrière sans honneur aux yeux du monde. Ses amis le raillent. Diégo ne saurait s'en étonner. Le monde a-t-il jamais rien compris aux choses de Dieu?

Mais, ô douleur! le Supérieur du couvent refuse de le recevoir. Son peu d'études, son infériorité dans la langue latine, ses défauts de prononciation lui ont pré-

paré cet échec. Quel service pourrait-il, dans ces conditions, rendre à l'Ordre des Capucins?

O mon Dieu! que vos voies sont mystérieuses! Vous
illuminez votre serviteur; vous le prenez, pour ainsi
dire, par la main, vous l'acheminez vous-même vers le
cloître, et, au seuil même de la vie religieuse, Diégo est
arrêté par d'insurmontables difficultés. L'autorité com-
pétente le déclare incapable d'embrasser la règle que
vous lui avez miraculeusement montrée! Impuissance
de l'écolier, impuissance du postulant : que manque-t-il
à son malheur?

Par bonheur, Dieu n'a pas besoin du talent, et il
meut à son gré, sans froisser leur liberté, le vouloir des
hommes.

Les obstacles invincibles disparaissent. Diégo sera
Capucin, Prêtre, Missionnaire. Le peuple des campagnes
aura même entendu par deux fois son éloquente parole,
toute de prodige, lorsqu'une troisième impuissance
vient tout arrêter. Étrange destinée! Le Seigneur jusque-
là a miraculeusement fait triompher son serviteur; ses
chaînes sont brisées, son essor devrait être libre? Eh
bien! non! Le bienheureux Diégo, appelé comme autrefois saint Paul, par une grâce exceptionnelle, âme
illuminée à des profondeurs inouïes, abîme de science
infuse, buisson ardent qui laisse jaillir mille flammes
d'amour séraphique et s'épanouir mille fleurs de vertu,
cœur rempli de Jésus-Christ, tout à coup s'effraie et
n'ose plus avancer.

Choisi par ses Supérieurs pour prêcher à tous les auditoires d'Espagne, honoré du titre et des privilèges de
missionnaire apostolique, il doute soudain de ses lumières, de ses forces ; il doute de sa mission. Son humilité lui exagère sa faiblesse. Osera-t-il jamais ouvrir la
bouche devant des assemblées d'évêques, de prêtres, de
princes, de savants, d'officiers, de riches, que Dieu et
ses Supérieurs offrent spécialement aux conquêtes de sa
parole?

Qui donc est-il pour porter ce fardeau?... Et il tremble! Il a peur d'exposer aux risées de l'Espagne lettrée, « select », la majesté de l'Évangile, d'attirer sur son Ordre, par la pauvreté de ses talents oratoires, le mépris des grands.

Voyez-le, nuit et jour, répandre au pied des autels, des larmes avec des prières ; entendez-le conjurer ses Supérieurs de lui enlever son titre de gloire et de le renvoyer aux pauvres gens de la campagne.

Oui, Diégo en était là. Il doutait de lui-même. — Or, c'est un danger terrible.

Que faut-il à l'orateur? Le P. Lejeune, cet aveugle si clairvoyant, s'écrie : « De la prière, de la prière, toujours de la prière ! » — « De l'audace, ajoute le P. de Ravignan, de l'audace, encore de l'audace ! »

L'orateur est perdu, s'il n'a pas le sentiment de la force immense que lui donne son ministère. Il est perdu, si les regards du génie, de la richesse, de la beauté, de la haine, fixés sur lui, déconcertent son verbe apostolique. Il est perdu enfin, s'il ne domine pas l'auditoire de toute la hauteur de l'Évangile et de Jésus-Christ : *Pro Christo legatione fungimur.*

Diégo, qu'as-tu découvert subitement dans les profondeurs de ton âme ou de l'avenir? Ta faiblesse, la sublimité de ta vocation, les responsabilités du poids de vingt Églises ? Mais ignores-tu que la faiblesse de l'homme est la force de Dieu, que Paul, réservé pour l'Évangile, battu de verges, Paul, « la balayure du monde », peut tout en Celui qui le fortifie ?

Aussitôt que le clairon sonne la charge, le soldat s'élance à l'assaut des forteresses. Que lui importent les blessures ? Il défend son drapeau !...

N'entends-tu pas, toi, la sonnerie du Christ? le commandement de l'Église ? le cri des âmes ?

L'hirondelle prend son vol à travers l'immensité, quand vient l'heure de sa migration.

Et tu trembles, Diégo!

Cesse de craindre, nouveau Jérémie. Tu as assez déploré ta triple impuissance : *Et dixi A-A-A, Domine, ecce nescio loqui quia puer ego sum.* Lève-toi, moine aux pieds nus !

Dieu te donnera un front d'airain. Il mettra dans ta bouche un verbe de flamme. Tu es la flèche choisie avec soin dans le carquois de sa puissance.

Parce que tu n'as pas, écolier, novice, missionnaire, succombé sous le poids de l'humiliation et de l'épreuve, encore que tu aies jeté le cri du Sauveur à Gethsémani : *Transeat a me calix iste,* parce que tu n'as pas mis ta confiance dans le secours de la philosophie, de l'habileté, de l'ambition du siècle, mais dans la paternelle bonté de ton Dieu, tu entreras magnifiquement dans les puissances de lumière, de vocation, de parole miraculeuse, ton immortel honneur devant la postérité : *Quoniam non cognovi litteraturam, introibo in potentias Domini.*

III

« Vis-à-vis des choses divines, a dit un penseur que l'aristocratie et la profondeur de sa pensée ont fait surnommer le Pascal de Kéroman, l'attitude qui donne l'intelligence, c'est l'agenouillement. Quiconque ne commence pas par s'agenouiller court tous les risques. » Impuissant à rien apprendre, seul dans la science humaine, notre Bienheureux sut plier les genoux. Désolé, mais non découragé, voyez-le entrer dans la chapelle des Capucins d'Ubrique. Où va-t-il ? Il va trouver le Maître de la Lumière, « Celui qui éclaire tout homme venant en ce monde ».

A genoux devant le grand autel, son livre dans la main, à travers ses larmes et ses sanglots : « Mon Dieu, mon Dieu, répète-t-il, enseignez-moi, Vous, et j'apprendrai. » — O simplicité et hardiesse de la foi !

Que tu as raison, ô bienheureux enfant, d'aller frapper à la porte du tabernacle.

Quelle âme n'a rencontré là lumière, amour et saintes énergies ! Oui, frappe avec confiance. Ici demeure le Propriétaire des soleils et le Roi des Anges, l'Exemplaire de la Sagesse incréée. Lui saura t'instruire, car Il tenait école au paradis terrestre, et Adam apprit tout. Il conversait avec les patriarches sous la tente du désert, avec Moïse dans la flamme et les parfums du mystérieux buisson, avec Salomon sur le trône. Il parlait avec Élie au Carmel, avec la Vierge, sa mère, dans le Temple, avec Jean, le soir de la Cène et plus tard à Patmos, et toujours et partout sur les âmes tombèrent des flots de sa lumière éternelle.

Tu es bienheureux, ô Diégo, parce que ni le sang, ni la chair ne t'ont révélé ces choses, mais ton Père qui est dans les cieux.

Seul le Précepteur des Apôtres t'a touché au front.

Relève-toi donc et sois illuminé. Dieu ne pouvait pas résister au cri de ton âme, à la coalition de tes ardents désirs.

De fait, mes Frères, l'amour et la pureté à genoux ont toujours raison de la puissance divine. Celui qui prête l'oreille au bruit de la feuille, à la plainte du passereau, fut ému de la foi de son serviteur. Il déchira le voile ténébreux qui enserrait l'intelligence de Diégo, et ce fut dans son âme l'envahissement de toutes les lumières.

Le nuage dissipé, le soleil de la science monta au ciel de sa pensée, calme, libre, royal, dans sa marche désormais invincible.

Le miracle autrefois accordé au bienheureux Albert-le-Grand et à Corneille Lapierre venait de se renouveler. Diégo devint, sans aucun surmenage, la merveille scientifique de l'Espagne.

Le Bienheureux connut bientôt, comme s'il les eût appris par cœur, la Somme théologique de saint Thomas d'Aquin, les Œuvres du docteur séraphique saint Bonaventure et celles de saint Antoine de Padoue, les controverses de Bellarmin, les écrits de saint Bernardin de

Sienne, de sainte Thérèse et de saint François de Sales.

Les auteurs espagnols et étrangers lui étaient familiers.

Sa mémoire extraordinaire lui fournissait, sans hésitation, dès qu'il en avait besoin, les citations les plus longues, les mieux appropriées à son sujet. « Si la Bible se perdait, — disait-on de lui, — le P. Diégo pourrait l'écrire à nouveau, depuis le premier verset de la Genèse jusqu'au dernier mot de l'Apocalypse. »

Littérature, philosophie, droit canonique et civil, médecine, stratégie militaire, économie politique, agronomie, etc., il savait tout. « Le P. Diégo, disait un évêque, est une encyclopédie vivante. »

Après l'avoir entendu, les avocats prétendaient qu'il avait autrefois dû plaider au barreau. Les officiers disaient qu'il avait occupé un grade élevé dans l'armée. Les savants se demandaient quelle université avait eu l'honneur d'entendre les leçons de ce brillant professeur. L'admiration des grands lui conféra les titres les plus glorieux.

Il était aumônier royal honoraire de la marine espagnole, prédicateur de Sa Majesté, membre de toutes académies et docteur de toutes universités, chanoine de plusieurs cathédrales, et même alcade ou maire honoraire de quelques villes. Le P. Diégo fut inscrit au nombre des vingt-quatre chevaliers des grandes cités d'Espagne, et aux diocèses qui le voulaient pour évêque, Charles III avait dû répondre : « Ce Capucin est l'évêque de tout le royaume. »

Résumons les hommages de l'admiration universelle des contemporains.

Le P. Francesco Gonzalès, de l'Ordre des Frères-Prêcheurs, écrivait au Père Gardien du couvent de Séville : « D'après Jean XXIII, l'angélique docteur Thomas d'Aquin a fait autant de miracles qu'il a composé d'articles dans sa Somme théologique ; à mon avis, le P. Diégo a fait autant de miracles qu'il a prononcé de discours. »

« Le P. Diégo Lopez, capucin, disait au nom de plusieurs universités un docteur espagnol, est un des plus grands savants, des plus grands lettrés, des plus grands orateurs de notre nation au XVIIIᵉ siècle. »

Vous le voyez, mes Frères, le philosophe de Kéroman avait raison de dire « que l'agenouillement donne l'intelligence ».

La prière seule a fait entrer Diégo dans les puissances lumineuses du Seigneur : *Quoniam non cognovi litteraturam, introibo in potentias Domini.*

Dieu non seulement éclaira l'esprit de notre Bienheureux, mais Il lui toucha le cœur et l'inclina doucement et victorieusement vers la vie religieuse. Là encore le miracle présida aux destinées de notre jeune Saint. Sa vocation vint manifestement du Ciel. Un jour, au cours d'une fervente prière, il vit la chapelle des Capucins inondée d'une pure lumière. Des cantiques de paradis frappèrent son oreille charmée, et, comble du prodige, des anges lui apparurent au chœur, revêtus de la bure franciscaine, chantant l'office divin. Une voix l'appela par son nom... Dieu le voulait dans l'Ordre des Frères-Mineurs... En cette minute d'extatique attirance, Diégo put contempler le champ de son apostolat. Toutes ses hésitations tombèrent : « Je serai religieux et missionnaire, répétait-il, Dieu me veut chez les Capucins. » O puissance de la vocation ! Dieu fait signe aux étoiles, et, joyeuses, elles viennent se placer au poste qu'Il leur a fixé : « Nous voici », semblent-elles lui dire : *Ecce adsumus !*

Dieu appelle aussi les âmes à travailler à sa gloire.

Heureuses celles qui suivent aussitôt l'attrait mystérieux du Bien-Aimé ! Au milieu des tourmentes de la vie, en dépit des assauts d'un monde pervers et d'une chair souvent révoltée, ces âmes fidèles possèdent une paix, une force, une joie profonde qui les paient de tous leurs sacrifices et leur font trouver ici-bas un avant-goût de l'éternelle félicité.

Qui pourrait s'en étonner ? La Bible l'a prédit : « Heureux l'homme qui exécute les volontés du Seigneur ! Il fleurira comme le lis des solitudes. Comme le palmier planté au bord des larges courants d'eau vive, il donnera son fruit en son temps, avec une adorable opportunité. — Ses vertus se multiplieront à l'instar d'un feuillage toujours vert. »

Fidèle à sa vocation, Diégo devait donc entrer, lui aussi, dans les puissances du Seigneur : *Introibo in potentias Domini.*

Comblé par Dieu d'une science *miraculeuse, miraculeusement* appelé de Dieu à la vie franciscaine, Diégo dut au *miracle* seul sa mission d'apôtre. En lui, comme autrefois en saint Paul, la grâce fit tout : *Gratia Dei sum id quod sum.*

Nous dirons demain le caractère et les succès de son apostolat.

Qu'il nous suffise de constater aujourd'hui qu'en l'armant de toutes pièces pour ce grand œuvre, la divine Providence traça au bienheureux missionnaire un cadre d'événements exceptionnels.

A l'heure où s'ouvre la carrière du saint prêcheur, Dieu assombrit, comme à plaisir, le ciel de l'histoire ; il laisse se déchaîner les passions des peuples et des rois, et puis, lorsque la foudre de ses représailles est sur le point d'éclater, à l'heure où les âmes clament d'épouvante et presque de désespoir,... Dieu fait un signe : l'homme de son choix, mis en réserve pour l'Évangile : *segregatus in Evangelium,* sort d'un pauvre couvent de Capucins. Vêtu de bure et pieds nus, il va... Vous diriez un humble semeur. De fait, c'est aux villageois qu'il prêche d'abord la divine parole. Mais admirez ces contrastes : ce va-nu-pieds est seigneur du plus haut rang, un hidalgo, cet écolier de rien est une encyclopédie vivante, ce novice timide est un apôtre de feu, ce pénitent, un triomphateur !

Il va et il sème. Et Dieu semble tout à coup agrandir

jusqu'aux nues le geste auguste du semeur. Diégo sème de la lumière, des œuvres, des miracles !

La foudre éclate sur l'Europe, et, calme au milieu de la Révolution déchaînée, Diégo marche, semant pendant trente ans le verbe de Dieu. Imperturbable dans son opulent labeur, il sème jusque dans les bouleversements du monde la résurrection des âmes, l'indépendance de la patrie, la gloire de l'Église et le triomphe de Dieu.

Peu de vies auront, à la louange de Dieu, réuni de plus saisissants contrastes.

Quelle âme que celle de Diégo !

C'est la même chose de regarder cette âme ou de regarder l'océan. Ici et là, apparaît la majesté infinie des puissances du Seigneur. Ame profonde, vaste, pacifiée au milieu des tempêtes du XVIIIe siècle, comme les abîmes de l'océan sous la démagogie des nuées ; âme où tous les souffles, tous les rayons, se donnent rendez-vous : l'apostolat et la pénitence, la prière et l'amour, la pureté et le dévouement, les joies du cœur et de la poésie, les désirs du martyre, les enthousiasmes de la foi et du patriotisme ; âme où des flots de lumière touchent à tous les rivages du savoir humain, avec des douleurs indicibles soulevées par le bras de Dieu, et des ouragans de calomnies sortis des profondeurs de la perversité humaine, des extases célestes, des silences d'adoration, les larmes et le sang de l'expiation, les clameurs triomphales d'un prosélytisme qui remua des milliers d'âmes, et demeura pendant trente années la vie, la joie, la domination irrésistible d'un Saint sur son siècle et sur son pays !

Tel fut Diégo. Il y a des âmes « océans ».

La sienne en était !

« Des Saints, ô mon Dieu, donnez-nous des Saints. »

Un jour Lacordaire a jeté ce cri sous les voûtes de Notre-Dame de Paris.

Ce cri, je le répète aujourd'hui dans cette église, devant cette foule splendide qui chante la gloire de Diégo, notre frère séraphique.

Donnez-nous des Saints, c'est-à-dire des âmes pures, généreuses, charitables, humbles et patientes, indissolublement attachées au devoir ; des âmes en état de grâce tous les jours de leur vie, ennemies du mal et amantes passionnées de Dieu.

Des Saints, ô mon Dieu, donnez-nous des Saints !

Nous ne demandons pas de brillants capitaines, d'élégants littérateurs, des orateurs éminents. Le salut d'Israël n'est pas dans un bras de chair. Notre force, nous ne la mettons ni dans nos chariots, ni dans nos coursiers, ni dans nos murailles imprenables à l'ennemi !

La force et la gloire des cités, la sauvegarde des patries, ce sont les Saints !

Naguère, hélas, pas un bouton ne manquait aux guêtres de nos soldats, pas une pierre à nos forteresses ! Et nous avons été vaincus !... et la patrie française, horriblement frappée, garde au flanc une blessure qui saigne toujours.

Des Saints donc, ô mon Dieu, donnez-nous des Saints !

Des Saints, car ils sont notre lumière et notre protection !

Des Saints, afin que notre société en marche rétrograde vers le Paganisme et la Barbarie, s'arrête dans la voie de la perdition, écoute les menaces et les promesses de Dieu, prenne en horreur le mal auquel elle a dressé des autels, et renoue à jamais alliance avec la vertu qu'elle a bafouée.

Des Saints, ô mon Dieu, donnez-nous des Saints ! Parce qu'ils sont les paratonnerres qui protègent le monde, parce qu'ils sont l'arôme immortel et le sel divin qui conservent la terre.

Des Saints, afin d'embellir l'humanité, de peupler le Paradis et de Vous former un cortège triomphal, ô mon Dieu !... *Amen !*

II

Le bienheureux Diégo en face des âmes, ou l'Apôtre.

*Labora sicut bonus miles Christi,
Jesu.*
Travaille comme un vaillant soldat
de Jésus-Christ.

(I, Timoth., XI.)

Mes Révérends Pères,
Mes bien chers Frères,

La vie militaire a toujours été regardée comme la carrière du courage.

Le soldat n'est-il pas l'homme des grandes causes ? Son épée ne protège-t-elle pas les plus sacrés intérêts de la Religion et de la Patrie ?

A sa vaillance tout un peuple confie le drapeau. Seul, il peut revendiquer par les armes les droits méconnus, punir l'injustice, reconquérir la liberté.

L'arme au poing, toujours en éveil, il observe la frontière. Le cri d'alarme a-t-il retenti ? Il accepte dans son cœur, et à froid, le sanglant sacrifice.

Il sait qu'il va à la mort, et il marche à la mort.

Qu'importent sa fatigue, ses amours ?

Qu'importe son intérêt ?

Tout cela c'est le drapeau ! Aussi, je l'avoue, le soldat m'émeut !...

Dans sa mort il est vaillant, il est grand, il est beau ! Je comprends maintenant le mot de saint Paul à son disciple : « Fortifie-toi dans la grâce que t'a donnée Jésus-Christ. Sacrifie-toi comme un vrai soldat du Christ. »

Le soldat n'est-il pas le frère d'armes de l'apôtre ? Leur
vie n'appartient-elle pas tout entière au service du dévouement ? Que dis-je ? Le courage apostolique vaut
mieux que le courage militaire. La vie du bienheureux
Diégo de Cadix va nous le démontrer.

Nous allons considérer : l'*Apôtre* et son *Apostolat*.

I

Grande est la mission de l'apôtre. C'est la propulsion
généreuse de la vérité, ce sang des âmes, jusqu'aux extrémités du monde moral ; l'amour au service de la justice. C'est le nom du Christ se répandant comme une
divine contagion, la doctrine de l'Évangile prenant feu
chez un peuple, l'incendie de la Pentecôte, gagnant de
proche en proche, pour purifier et renouveler l'humanité.

L'apôtre est l'homme-lumière, qui se présente au nom
de Dieu. Aussi, toujours et partout, la sainte Église catholique a-t-elle exigé de lui des caractères incontrefai-
sables : 1° La mission divine, *auctoritas mittentis*, —
2° Le zèle des âmes, *zelus animarum*, — 3° Les fruits
de salut, *fructificatio auditorum*. (Saint Bonaventure.)

1° L'apôtre est l'ambassadeur de Dieu auprès des
âmes.

Il est la voix de celui qui crie dans le désert de ce
monde. Selon le mot magnifique d'Habacuc : « Sa langue
est le char triomphal » sur lequel le Seigneur traverse
l'humanité pour la conquérir.

Avant tout, l'apôtre est *appelé divinement*. Si dans
ta poitrine bat un cœur chaud, loyal, généreux, un cœur
héroïque, un cœur marqué de Dieu : parle, toi, oh !
parle.

Sinon, silence, airain sonore ! silence, cymbale reten-
tissante !

L'apôtre, d'un coup d'œil, mesure l'espace immense.
Cependant le verbe hennit et piaffe, impatient. — « Va ! »
lui crie le Seigneur ; et le verbe, lancé au galop, ébranle

le sol, soulève des étincelles, dévore la distance et triomphe !

Que sont en face de l'apôtre, le philosophe, le rhéteur, le publiciste ? Que sont l'économiste et le tribun ? Des hommes qui parlent leur pensée, des hommes qui communiquent à d'autres hommes les trouvailles de leur esprit. Ils viennent au nom d'une secte, sans autre autorité que celle du *moi*, « le moi haïssable », disait Pascal. Mais au missionnaire seul, il appartient de prêcher le verbe de Dieu. Une dignité plus qu'angélique, une dignité divine l'investit : *Pro Christo legatione fungimur*.

Courbez-vous donc devant sa parole. Dans les haillons d'une phrase sans apprêt ou dans les splendeurs de l'éloquence humaine, à Bethléem comme au Thabor, sur les lèvres de l'apôtre, Dieu toujours apparaît.

Et c'est là le premier caractère de cet homme extraordinaire. Il vient de Dieu : *auctoritas mittentis*.

Le Bienheureux Diégo a-t-il la délégation divine d'un apôtre ?

Comment en douter, mes Frères ? Nous avons vu Diégo hésiter en face de la responsabilité des âmes et connaître les angoisses et les ténèbres de Gethsémani ; nous l'avons entendu supplier à genoux ses Supérieurs de le décharger du titre de missionnaire apostolique : *Transeat a me calix iste*.

Ses Supérieurs se montrèrent inflexibles et le confirmèrent dans les privilèges directement obtenus du Saint-Siège : *auctoritas mittentis*.

Diégo doute-t-il de la légitimité de sa mission ? Non, mes Frères ; la preuve en est qu'impuissant à obtenir des hommes qu'on le renvoyât au ministère de la parole dans les campagnes, et, d'autre part, effrayé à la pensée d'affronter les plus nobles auditoires du royaume, l'humble religieux se tourna vers Dieu et le conjura, avec larmes, de ne pas lui imposer un fardeau disproportionné à ses forces.

Deux visions miraculeuses firent cesser toute hésitation.

Une nuit, le Bienheureux priait seul dans l'église du couvent de Xérès. Découragé, tout en pleurs, il suppliait le Tout-Puissant d'épargner sa faiblesse. Soudain, le Sauveur lui apparaît courbé sous une lourde croix ; il chancelle, comme s'il allait tomber.

Prompt comme l'éclair, Diégo s'élance pour le soutenir. « O mon Bien-Aimé, s'écrie-t-il, qu'est-ce que ceci et pourquoi voulez-vous tomber ? — Eh ! ne faut-il pas que je tombe, lui répond Jésus, puisque toi que j'avais choisi pour me soutenir, tu songes lâchement à m'abandonner, au grand détriment de mes pauvres brebis égarées. »

La vision disparut. Le pauvre Père resta confus de ses craintes pusillanimes : « Refuser l'apostolat, c'était donc quitter Jésus-Christ ? Oh ! jamais, s'écria-t-il, Seigneur, faites-moi, si vous voulez, vivre mille ans. Je veux vous sauver des âmes. »

Une autre fois, le Christ lui apparut, ayant pour assesseurs saint Pierre et saint Paul : « Courage, mon fils, je te donnerai autant de lumière qu'en réclamera ta mission. Tu prendras place parmi mes apôtres. Va et prêche mes divins mystères. »

Nous avons bien là le premier caractère de l'apôtre : *auctoritas mittentis.*

2° Mais avec la délégation divine, notre Saint a-t-il le *zèle des âmes? Zelus animarum.*

Qu'est-ce que le zèle ?

C'est la torche embrasée de l'amour. Jésus-Christ l'apporte au Calvaire, et depuis elle passe de main en main, toujours allumée : *Ignem veni mittere in terram.*

C'est la charité courant, la sueur au front, à la poursuite des âmes. Ecoutez saint Paul : « J'endure tout pour les élus. »

Ignace de Loyola, mettant au service de la croix toutes les bouillantes ardeurs de sa jeunesse, jette son cri sublime : *Ad majorem Dei gloriam.*

François-Xavier, après avoir parcouru trois mille lieues de pays, baptisé plus d'un million de païens, tombe dans l'île de Sancian, le corps brisé, mais le courage debout. Il tend ses bras mourants vers les côtes embrumées de la Chine : « Des âmes, encore des âmes ! »

Heureux le cœur brûlé du zèle de la gloire de Dieu et du salut des âmes ! A lui toutes les amnisties du ciel, toutes les sécurités d'outre-tombe, toutes les gloires du jugement dernier. A lui l'énumération triomphale de ses œuvres, une couronne d'amis, tout un peuple d'enfants engendrés à l'éternelle vie !

Bienheureux donc le grand missionnaire de l'Espagne ; car son cœur débordait, vase tout plein de Jésus-Christ.

Les pêcheurs formèrent sa clientèle de choix. C'étaient aux âmes coupables qu'allaient surtout les prédilections de son apostolat. Les âmes n'ont-elles pas coûté le sang d'un Dieu ? N'est-ce pas vers les misérables que penche la miséricorde ?

Pendant trente ans, pieds nus, vêtu d'une pauvre tunique, toujours en éveil, Diégo n'a qu'une passion : celle de la gloire de Dieu par le salut des âmes. — « Nous n'avons rien à envier aux premiers chrétiens, disait un évêque ; saint Paul vit au milieu de nous. »

Jamais le cri d'une misère ne le trouva insensible. A cet homme enivré du vin fumeux de l'amour éternel, offrez sans cesse de nouveaux travaux. Qui lassera son intrépide courage ? L'athlète du stade antique n'oublie-t-il pas dans sa course tout le chemin parcouru ? *Quæ retro sunt obliviscens.* Ne vole-t-il pas penché en avant, l'œil et le cœur au but ? C'était là Diégo.

Jaloux de l'honneur de l'Église, il apparaît comme l'exterminateur des erreurs. Sa parole a l'éclat de la foudre pour attaquer le voltairianisme. Sa logique impitoyable, vrai marteau de fer, démolit pièce par pièce, mensonge par mensonge, le libre examen de Luther. Compatissant pour le pécheur, il a contre le vice des indignations terribles. Il aime comme un séraphin ; il menace comme le plus âpre des vieux prophètes d'Israël.

Visites aux malades, industries de tout genre pour assurer le succès de ses missions, fondations de confréries, constructions d'églises, plantations de croix, brochures de piété, livres de controverse, seize volumes in-4°, contenant plus de trois mille sermons : qui ne reconnaîtrait là les trophées d'un zèle véritablement apostolique ? *Zelus animarum*. Aussi dans l'oraison qu'elle lui consacre, l'Église appelle-t-elle Diégo : « Le sauveur de son peuple. » *In salutem gentis suœ mirabiliter direxisti*.

3° L'apôtre enfin se reconnaît à la *fécondité de ses œuvres. Fructificatio auditorum*.

Le temps ne me permet pas, mes Frères, de vous raconter par le détail les immenses résultats des saintes expéditions de notre missionnaire. Mais aux fruits de l'arbre on pouvait juger que Dieu l'avait planté. La face des choses changeait au passage du serviteur de Dieu. Il réprime la licence, extirpe les scandales invétérés, détourne les blasphémateurs de leur habitude impie, détruit les amorces du vice. D'autre part, la vertu renaît, les sacrements sont en honneur ; le champ du Christ, débarrassé des ronces et des épines, se couvre d'une floraison d'œuvres saintes.

« Quiconque entend le P. Diégo, disait le prince des Asturies, Don Carlo ou s'endurcit, ou se convertit. Impossible de rester indifférent. »

A Séville, on abat le théâtre ; à Ocagna, l'ambassadeur du roi d'Angleterre, présent au sermon, abjure publiquement le protestantisme ; à Ronda, un grand nombre d'hérétiques se convertissent. Du reste, quoi d'étonnant ?

Le miracle partout l'accompagne et toujours la bénédiction divine couronne ses travaux.

Pendant qu'il prêche à Ubrique, une enfant s'écrie : « Maman, maman, regarde donc cet oiseau sur l'épaule du Père ! » Le peuple entier s'émeut. Impuissant à cacher le prodige, le serviteur de Dieu est obligé de suspendre le sermon.

Le même fait se reproduit à Gauzin. Un gentilhomme avait emmené son valet de pied à l'église : « Eh bien ! qu'en penses-tu ? » lui demanda-t-il en sortant. « Ah, Seigneur, quoique ignorant, je me chargerais bien de parler comme le P. Diégo : il a sur l'épaule une colombe qui lui dit tout. »

En vain l'apôtre veut fuir les ovations populaires. A Villa di Gaspe, tandis qu'il se lève de grand matin pour s'enfuir, la foule l'attend sur la route et Dieu lui-même trahit l'humilité du Saint : trois soleils rayonnent dans un triangle de feu, au-dessus de sa tête, et l'accompagnent, pendant plusieurs lieues, d'un jet de miraculeuse lumière.

Ne semble-t-il pas résumer sa mission ce texte d'Isaïe : « C'est pour accomplir des merveilles que l'esprit du Seigneur s'est reposé sur moi. »

De fait, après qu'il avait passé, publiant partout l'année de réconciliation du Seigneur, la solitude fleurissait comme le lis.

« Espagne, Espagne, réjouis-toi ; la violence ne te fait plus entendre sa voix ; le salut environne tes murailles, et la louange chante au seuil de tes portiques. » *Occupabit salus muros tuos, et portas tuas laudatio.*

Mieux vaut l'apostolat de l'ardent Capucin que les chevauchées des conquérants, aux fanfares étourdissantes de la renommée !

Fût-il trempé dans les feux de la victoire, jamais le glaive de tes généraux n'assurera la paix des peuples comme la parole et la croix des apôtres de Dieu.

Le Bienheureux avait le mandat divin. Le zèle des âmes le dévorait : de là les fruits merveilleux que produisait sa prédication. Il était apôtre.

Voulez-vous maintenant savoir pourquoi la grâce accompagna partout ses gigantesques travaux ? Cherchez-vous le secret de ses immenses succès ? Sachez donc que l'apostolat de Diégo sortait des entrailles du sacrifice et de l'amour.

Il avait pour base la *douleur*, pour appuis le *Crucifix* et la *Madone*. Avec de pareils éléments, la parole du missionnaire était invincible ; elle devait être divinement conquérante !...

II

Parmi les Saints, celui-ci a pleuré, celui-là s'est flagellé, ce troisième s'est dépouillé, cet autre a souffert le martyre. Mais incontestablement tous n'ont sauvé les âmes et propagé le règne de Jésus-Christ qu'au prix du sacrifice. Pas de fécondité, pas de gloire sans douleur. La voix lactée est constellée d'astres. La voie du Capitole est semée de victoires. Mais la voie de l'apostolat est hérissée d'épines, émaillée de gouttes de sang, trempée d'une rosée de larmes. Le salut ne descend jamais que du Calvaire ; aussi les grands courages s'enflamment surtout au choc de la contradiction. Ils savent que la vie humaine, combien plus la vie chrétienne ! est une vie guerroyante. *Militia est vita hominis super terram.*

Ce qui désempare et brise les autres leur devient un élément de triomphe. Dans les rencontres où la pusillanimité s'effraie et crie : « Sauve qui peut ! » leur enthousiasme s'allume. L'obstacle se dresse-t-il ? On les voit s'élancer. En avant ! en avant !

Toute une vie de combats (le combat devînt-il une agonie !) ne peut entamer leur invincible constance, ni lasser leur inébranlable persévérance. L'apôtre, homme au cœur de feu et de rare énergie, marche fièrement à la bataille : « Ma force, chante-t-il avec le Prophète, ma victoire, c'est Dieu. » — « Pourquoi trembler ? » *Quem timebo ?*

« La lumière de mon intelligence, l'impulsion de mon cœur, la vie de mon âme, la puissance de ma vertu, Dieu, toujours Dieu. » *A quo trepidabo ?*

6

N'entendez-vous pas dans ce cri de chevaleresque fierté le défi superbe de notre bienheureux Diégo à toutes les souffrances qui doivent féconder son ministère ? Dans la force d'élan, sœur de la force de patience, — ces deux ailes de l'apostolat, d'après saint Thomas d'Aquin. *Aggredi, sustinere,* — qui donc, mes Frères, aura montré plus de fermeté, de sainte opiniàtreté ?

L'angélique docteur veut que le porte-drapeau évangélique soit infrangible, *infrangibilitas*, et infatigable, *infatigabilitas.*

Contemplez notre bienheureux missionnaire et dites si la contradiction a jamais pu briser ou changer son magnanime et ferme courage ?

La contradiction ? Elle est la principe de sa force, l'atmosphère dans laquelle vit son àme, le nerf de son zèle apostolique. La contradiction préside, pour ainsi dire, à ses destinées. Nous l'avons vu aux prises avec elle à l'école, dans le cloître, en chaire. Suivant un mot superbe de saint Augustin : « Ses victoires sont des immolations sanglantes : *Ideo victor, quia victima!* »

Une pénitence héroïque est sa compagne fidèle. Couvert de cilices, marchant toujours à pied, sous le soleil, la pluie, la neige, à peine s'il ose vers le soir prendre la plus frugale et la plus modique nourriture. Aucun danger ne l'arrête. Les routes sont impraticables ; des pécheurs furieux menacent de l'assassiner, peu importe !

Les àmes l'attendent. Il part courageusement. Insultes, calomnies pleuvent sur lui. Il supporte tout avec une inaltérable patience. En Galice, on lui refuse un logement. Au mépris s'ajoute contre lui l'inhumanité : Diégo, harassé de fatigue et à jeun, n'a pas même l'étable de Bethléem pour y dormir. A Saragosse, on le traine devant le tribunal civil pour avoir attaqué, du haut de la chaire, la mauvaise presse.

Loin de se laisser abattre, il exulte de joie dans ses tribulations. « Cet homme-là est une enclume », disait Tornobacca, son admirateur.

Tout semble tourner contre le serviteur de Dieu. Les âmes qu'il a ramenées à Dieu reprennent leurs chaînes déshonorantes, le mal envahit à nouveau les paroisses que sa parole a converties. Les démons l'attaquent de mille manières, et renversent les croix et les chapelles cimentées de ses sueurs. Avec la bénigne patience du divin Maître, il court après la brebis perdue. Il rebâtit le temple, il revient prêcher, il pardonne septante fois sept fois. Ne sait-il pas que la souffrance de l'apôtre est pour les âmes un rayonnement de lumière et de liberté ?

Elle seule tend la main à l'amour, par-dessus l'abîme du péché. Elle lie les bras effrayants de la justice ; elle délie les mains bénissantes de la miséricorde. Laissez-le donc savourer jusqu'à la lie l'amertume de la contra-diction. On l'accuse de détruire l'autorité du roi et des évêques, de tomber dans les erreurs du Jansénisme.

Devant cet orage déchaîné contre le Saint, ses Supé-rieurs jugèrent à propos de lui retirer quelque temps ses pouvoirs de missionnaire. Ils l'envoyèrent dans un petit couvent de la Province ; épreuve bien sensible pour son cœur d'apôtre, dévoré de zèle... Mais il s'en consola dans cette pensée que la prière fait souvent plus pour le salut des âmes que la prédication elle-même.

D'ailleurs : « La solitude est la patrie des forts. » Dieu sans doute réserve à son serviteur, dans le silence de la cellule, les plus ineffables consolations. L'apôtre n'a-t-il pas besoin d'un peu de relâche et de rafraîchisse-ment ? Est-ce que David autrefois n'avait pas jeté sur le champ de bataille ce cri d'angoisse et d'ardent désir : *O si quis mihi daret potum aquæ de cisterna quæ est in Bethleem ?*

Tournez-vous vers Dieu, bienheureux apôtre ! Lui, du moins, vous consolera de tout.

Voici, mes Frères, la plus douloureuse des épreuves : Dieu se tait... Dieu se cache. En vain Diégo conjure avec larmes le Bien-Aimé de se montrer derrière le treillis et de réconforter son âme. Le Ciel est fermé, le Ciel est noir. D'intolérables peines, des angoisses insoupçonnées étreignent le cœur du Saint. Le voici en proie à un véritable martyre intérieur. Qui lui donnera, comme à David, l'eau fraîche des fontaines de Bethléem? — *O si quis daret potum!*

Qui lui rendra l'essor joyeux de son âme d'enfant, ses larmes d'admiration et d'attendrissement en face de l'océan, de sa mère et des pauvres. — *O si quis mihi daret!*

Qui lui rendra la tranquille piété du couvent de Cadix, ses effusions d'amour aux pieds de la Madone, ses communions et ses prières brûlantes dans la chapelle des Capucins d'Ubrique? — *O si quis mihi daret!*

Qui lui rendra les fatigues et les travaux de ses missions?

Qui lui rendra son peuple de pêcheurs chantant avec lui les bienfaits de la « Divina Pastora »? Les joies, les douleurs, les triomphes de l'apostolat? — *O si quis mihi daret!*

Jusques à quand, Seigneur, laisserez-vous peser sur votre serviteur les ombres et les agonies de ce mystérieux Gethsémani? O bienheureux frère, vous êtes beau dans toutes les circonstances de votre vie, si pleine devant Dieu.

Vous êtes beau sur les places publiques, entouré de l'immense famille anonyme de vos pauvres! Providence des foyers sans feu, des lits de paille, des tables sans pain, des entrailles affamées et des membres nus du Christ, toujours souffrant par le monde. *Per te requieverunt, frater, viscera sanctorum.*

Vous êtes beau encore dans vos colloques de naïve tendresse avec la « Madone de la Paix, votre divine Bergère », soulevé du sol, le front resplendissant d'extase, pur et radieux chérubin!

Vous êtes beau enfin, armé de votre verbe puissant (esprit et vie, lumière et flamme!), qui brisa tant de cœurs endurcis et fit couler tant de larmes suaves !

Mais, je l'avoue, vous ne vous êtes jamais montré revêtu d'une plus resplendissante beauté que l'âme en croix sur votre Calvaire, écartelée, non pas à quatre chevaux, comme dans les temps horribles, mais à deux mondes, le monde de la douleur et le monde de l'amour, de Dieu et des âmes, brisé dans votre chair chargée d'affreux cilices, brisé dans votre cœur sevré de toute impression sensible de la grâce, brisé dans votre esprit plein de ténèbres et de sécheresses, contraint de jeter, pour ainsi dire, par toutes les blessures de votre être le cri navrant du Sauveur : « Mon Père, mon Père, pourquoi m'avez-vous abandonné ? »...

Oui, bienheureux Diégo, vous êtes là plus beau que partout ailleurs, plus beau dans l'épreuve que dans la prière, l'extase et la charité, parce que tout cela c'est l'amour, mais sans douleur.

Or, si les Saints s'ébauchent au Thabor, ils ne s'achèvent qu'au Golgotha !

Diégo se plaint doucement à Jésus-Christ comme pour bercer son âme dolente. Mais son courage ne faiblit pas.

Avec tous les bien-aimés et tous les bien-aimants du Christ ; que dis-je ? avec le Christ lui-même, il sait bien que le glaive de la souffrance ne nous déchire le cœur que pour l'élargir et le rendre ainsi capable de mieux aimer et de se mieux dépenser au salut des âmes. L'apostolat du Bienheureux n'a été si fécond que parce qu'il prenait sa source dans l'amour de la tribulation.

Le cœur n'est satisfait que lorsqu'il se donne ; il se donne en saignant. C'est là sa gloire. *Ideo victor, quia victima*. L'antiquité s'est arrêtée, saisie d'admiration, devant le héros imperturbable et tranquille sous l'effondrement d'un monde : *Impavidum ferient ruinæ !*... Elle ne nous dit pas que ce héros ait fait servir sa détresse glorieuse au salut de ses frères, ni qu'il se soit fait une volupté de la douleur. C'est une belle, mais stérile désolation.

Ici, l'épreuve n'enlève rien à l'apôtre de sa fierté, de son zèle; elle n'amoindrit pas plus son énergie que sa miséricorde.

« Que faisiez-vous pendant la Terreur? » demandait-on à un Vendéen.

« Je me tenais debout », répliqua l'intrépide paysan.

Ah! debout!... ni ployé, ni couché, mais debout!! la superbe réponse, la triomphale attitude!

Lamennais, foudroyé par l'excommunication pontificale, avait pris pour emblème un chêne brisé par l'orage, avec cette devise : « Je romps et ne plie pas. »

Deux siècles auparavant, Pascal avait écrit: « L'homme est un roseau pensant. »

Oui, pauvre roseau! Sous le poids même de la pensée! Le moindre vent qui d'aventure fait rider la face de l'eau, l'oblige à baisser la tête, jusqu'à toucher parfois du front la boue des marais.

Le bienheureux Diégo, lui, ni ne plie, ni ne rompt. Sans orgueil comme sans faiblesse, toujours égal à lui-même, toujours magnanime, il sait montrer, suivant l'expression de Bossuet, « qu'une âme guerrière est maîtresse du corps qu'elle anime ».

Or, tout apôtre est soldat; il peut tout en Celui qui le fortifie.

Reste debout, vieux chêne, le vent emporte à plaisir le feuillage de tes rameaux, la foudre t'ouvre au flanc de béantes blessures; reste debout, déchiré, brûlé, noirci, mais vainqueur.

Secoué par l'orage, ô chêne, enfonce plus avant tes racines dans la profondeur du sol. Trouve dans la tempête même la force de résister à la tempête.

Pas plus que le chêne, notre saint apôtre ne s'est laissé vaincre : *infrangibilitas, infatigabilitas*. L'épreuve était la base de son apostolat, le terrain merveilleux dans lequel son zèle croissait et fructifiait au centuple.

III

Nous venons de voir la fécondité et l'héroïsme de son apostolat.

Quelles étaient donc les amours qui donnaient au zèle du missionnaire cette invincible vaillance ?

S'agit-il de marcher en avant ? « Deux appuis, dit saint Thomas, sont nécessaires à la vertu de force : la *magnanimité*, qui applique la volonté aux moyens d'exécution et lui fait embrasser tous les sacrifices ; la *confiance* qui jette sur le chemin sa joyeuse lumière et met à sa portée le succès, couronnement des efforts. »

1° Le soldat et l'apôtre ont besoin de ces deux éléments de victoire. Ils doivent avoir foi au succès. Quand on ne croit plus au drapeau, le drapeau est perdu !

Quand on ne croit plus en son âme, l'âme est livrée aux pires dégradations ! Quand on ne croit plus en la religion, ni en la patrie, — c'est comme lorsqu'on ne croit plus en sa mère ! — C'est fini, rien n'est plus respecté ! Il ne reste plus qu'à se mettre au bord de la route, les bras croisés, et à voir passer le défilé de toutes les vertus qui désertent l'âme et qui s'en vont, pour ne plus revenir...

C'est fatal ! On ne peut absolument rien dans l'ordre de l'amour, de la bravoure, ou du dévouement.

Voilà ce que signifie les deux mots de l'angélique docteur : *Magnanimitas, confidentia*.

D'où venait à notre soldat du Christ son courage apostolique ?

Quel a été le *pro aris et focis* de l'apostolat du bienheureux Diégo ?

Il a cru en son drapeau : la Croix ; de là sa magnanimité. Il a cru en Marie, sa Mère ; de là son immense confiance.

Voilà son double secret. Jamais on ne le vit reculer devant l'entreprise. Son drapeau, la Croix, le lui défendait.

Savez-vous ce que c'est que le drapeau ? Le drapeau, sachez-le bien, c'est, contenu dans un seul mot, rendu palpable dans un seul objet, tout ce qui fut, tout ce qui est la vie de chacun de nous : le foyer où l'on naquit, le coin de terre où l'on grandit, le premier sourire de l'enfant, le premier amour du jeune homme, les premières larmes, les espoirs, les joies, les souvenirs, c'est toutes ces joies à la fois, toutes renfermées dans un nom, le plus beau de tous : la patrie. Oui, je vous le dis, le drapeau c'est tout cela ; c'est l'honneur du régiment, ses gloires et ses titres, flamboyant en lettres d'or sur ses couleurs fanées qui portent des noms de victoires; c'est comme la conscience des braves gens qui marchent à la mort sous ses plis; c'est le devoir dans ce qu'il a de plus noble et de plus fier, représenté par ce qu'il a de plus grand ! Une idée flottant dans un étendard.

Aussi bien, étonnez-vous qu'on l'aime, ce drapeau parfois en haillons, et qu'on se fasse, pour lui, trouer la poitrine ou broyer le crâne !

A sa hampe tiennent par des liens invisibles tous les cœurs du régiment. Le perdre, c'est la honte éternelle. Le drapeau est là-bas! Ils l'ont pris, ils le gardent! Voilà désormais l'idée fixe qui torture et déchire des milliers d'hommes.

Au drapeau donc, c'est l'emblème ; au drapeau, c'est le ralliement !

Honte à qui déserte sa cause !

Comme un dernier appel, comme un dernier qui vive, sonne au drapeau, clairon ! Le drapeau, c'est le salut !...

Or, quel drapeau plus glorieux et plus aimé que la Croix ? Voilà depuis dix-neuf siècles le seul drapeau qui n'a jamais été vaincu. L'Église l'a toujours défendu avec une indomptable énergie. Voilà le drapeau des Catacombes et des Colysées, rouge du sang de nos martyrs !

Le Labarum triomphal, divinement arboré au Pont-Milvius, comme si, sur les sept collines, tout le vieux paganisme avec ses palais, ses statues, ses vestales, ses sénateurs, ses gloires sept fois séculaires, — se fût dressé au moment de mourir, pour saluer dans les airs le signe du Rédempteur !

Voilà le drapeau des Croisades, qui porte dans ses plis, avec l'honneur de Dieu, la liberté des âmes et la civilisation des peuples !

Contemplez-le, chrétiens, ce trophée d'une immense victoire. C'est le *palladium* de toute vertu.

Avec ce drapeau, Notre-Seigneur Jésus-Christ s'est frayé vers le Ciel, implacablement fermé, une route victorieuse. Le Christ a reconquis pour les siens l'éternel royaume, par l'héroïsme du dévouement et l'effusion de son sang.

Aussi la Croix resplendit : *Fulget !* La Croix domine, immobile et droite, toutes ruines : *Stat crux !* La Croix pousse une clameur formidable qui réveille les âmes : *Regnum cœlorum vim patitur.* La Croix marche toujours et toujours triomphe.

Le Bienheureux Diégo le savait. Il s'enveloppait, pour ainsi dire, de l'amour et des mérites de la Croix, comme un soldat des plis du drapeau, pour vaincre ou pour mourir.

La Croix était sa parure la plus précieuse, la seule dont il fût fier ; la Croix était son arme choisie. Sans la Croix, il n'aurait pu ni prêcher, ni souffrir, ni même vivre un seul jour.

Il tirait les larmes de tous les yeux quand, à la fin de ses sermons, il baisait son crucifix, lui adressant avec ardeur ses protestations d'amour. Pas de pécheur qui lui résistât, quand il avait son crucifix à la main.

« Avec mon crucifix, aimait-il à répéter, j'apporte la paix et la miséricorde !

« Malédiction à la fausse humilité qui désespère du salut !

« Vive l'infinie bonté de mon Dieu ! Vive son cœur ! Vive son amour pour le pécheur ! Pour moi, je m'appelle Diégo de l'espérance ! »

Où donc puisait-il ces sentiments, si ce n'est dans la Croix ?

Le jour, sa piété se prosternait devant elle à chacune des stations de la voie douloureuse de son divin Maître ; la nuit il ne voulait prendre son repos que le cœur plein des souvenirs de la Passion et la poitrine chargée d'un énorme crucifix.

Plus tard, ce fardeau sacré ne suffisait pas à la générosité de son amour; il imprima avec le fer et le feu, sur son bras et sur son côté, le signe adorable de notre Rédemption. Le voici crucifié avec Notre-Seigneur. *Confixus sum cruci.*

Quelle force désormais le séparera de Jésus-Christ ? La tribulation? L'angoisse? La faim, le dénûment? Quel danger? Quelle persécution, quel glaive? *In his omnibus superamus.* Oui, pouvait-il s'écrier comme saint Paul, nous sommes au-dessus de tout. La Croix le rendait Maître de lui-même et du monde.

Il en sera toujours ainsi pour les vrais chrétiens. La Croix ayant donné Dieu à l'homme dans l'amour et la douleur, la Croix seule donne l'homme à Dieu dans l'amour et la joie de l'éternelle victoire.

2° Si vous demandez encore au Bienheureux quel autre amour, avec la Croix, soutint son cœur pendant les trente ans de son incomparable apostolat, il vous montrera l'image de « sa divine Bergère, sa douce Madone de la Paix ! »

Son courage lui vient de la Croix. Sa confiance lui vient de la sainte Vierge, sa toute bonne et toute-puissante Patronne, ou mieux, sa Mère.

« Savez-vous ce que c'est que d'avoir une mère? Savez-vous ce que c'est d'être enfant, pauvre enfant, faible, nu, misérable, affamé, seul au monde, et de sentir que vous avez auprès de vous, autour de vous, au-dessus de vous, marchant quand vous marchez, s'arrêtant quand vous vous arrêtez, souriant quand vous pleurez, une femme... non, un ange qui est là, qui vous regarde, qui vous apprend à parler, qui vous apprend à rire, qui vous apprend à aimer, qui réchauffe vos doigts dans ses mains, votre corps dans ses genoux, votre âme dans son cœur, qui vous donne son lait quand vous êtes petit, son pain quand vous êtes grand, son amour, sa vie toujours, à qui vous dites : « ma mère ! » et qui vous dit : « mon enfant », d'une voix si douce, que ces deux mots là réjouissent Dieu ? Eh bien ! Diégo avait une mère, et cette mère était la Mère de Dieu, celle qu'il appelait : « sa divine Bergère, sa sainte Madone de la Paix ! »

Ah ! sa Madone ! comme il l'aimait ! Il prononça en son honneur plus de quinze cents discours. Par ses soins fut placée dans toutes les maisons des contrées qu'il évangélisa l'image de la divine Bergère. Il composa à la louange de Marie, sous ce vocable, un office que Rome approuva ; il obtint aussi du Saint-Siège le privilège d'une fête spéciale étendue bientôt de la Province des Capucins de Séville à tous les couvents de notre Ordre.

C'est la sainte icône de Notre-Dame de la Paix qui choisit les missions et préside les processions.

C'est elle que le serviteur de Dieu charge naïvement de faire les miracles. Elle écarte la pluie ou la neige pendant les sermons du grand apôtre. C'est à ses pieds qu'il brûle les trophées du mal et que les ennemis, réconciliés, jette les poignards de la vendetta.

« Sans elle, dit-il, je ne saurais prêcher. Mon sermon décisif pour la conversion des pécheurs est celui de Notre-Dame. »

A chaque fois que l'heure sonne, Diégo s'arrête, et jette ce cri de son cœur à sa Mère : *Ave, Maria purissima !*

Partout où il a passé, s'établit la pieuse coutume de réciter le Rosaire. En un mot : Diégo vit du culte de sa Mère bien-aimée. Sa vie tout entière est un hymne d'amour, un pur holocauste au pied des autels de la Reine du ciel. Avec cette Mère chérie, comme il le disait, tout lui semblait facile.

Vivre et souffrir lui était doux, et plus doux encore mourir !

Aussi devait-il tomber comme le soldat sur la brèche, son drapeau dans la main, cherchant du regard, appelant de toute la foi de son âme sa Reine et sa Dame, qu'il entendait pour ainsi dire, descendre du paradis.

La mort même ne put le relever de cette garde d'honneur, qu'il avait faite pendant trente ans à la Vierge Marie !

Le grand missionnaire a voulu être enseveli à Ronda, dans la chapelle de Notre-Dame de la Paix. Son amour fut plus fort que la mort !

En face de cette mission féconde du bienheureux Diégo de Cadix, mes Frères, avez-vous compris les caractères de l'apôtre, la base et les appuis sacrés de l'apostolat?

Ne vous contentez pas d'admirer le caractère et le courage de ce soldat de Dieu.

Embrasez-vous au contact de sa vie de la même passion pour la défense des droits de Dieu et pour le salut des âmes. Vous aussi, soyez apôtres.

Plus qu'en tout autre siècle, les chrétiens doivent être, non seulement des pratiquants, mais des combattants.

Autrefois, on pouvait être un chrétien tranquille, assis au coin du feu, ne demandant qu'une chose, c'est que le foyer eût une flamme pétillante et qu'on réunît autour de soi une couronne d'êtres charmants et nombreux.

Aujourd'hui, vous devez être des hommes bien autrement actifs. Vous n'avez pas le droit de dire, les bras croisés, vous retirant dans le cercle de vos intérêts domestiques : « La lutte est dans la rue. Qu'on me laisse chez moi : cela ne me regarde pas ! »

Ah ! la triste et lâche parole ! « Cela ne me regarde pas ! »

C'était le cri du tyran de Syracuse : « A plus tard les affaires sérieuses ! » Et la mort attendait au seuil de son palais.

« Cela ne me regarde pas ! » C'était le cri du vieux pharisaïsme juif, désespérant Judas sous les portiques du Temple, et Jésus était livré ! « Cela ne me regarde pas ! » C'était le cri de Pilate, ce bon conservateur de l'époque, fonctionnaire accommodant, qui sacrifiait le droit, la vérité, Dieu, au confortable de sa vie bourgeoise ?

« Cela ne me regarde pas ! » Ce fut le cri de Caïn piétinant dans le sang le cadavre d'Abel. *Numquid sum custos fratris ?*

Les voilà, tous les apeurés, tous les égoïstes, tous ces indifférents, diplomates à courte vue, avec leur ignoble principe de non intervention.

Intervenez, vous, chrétiens du xixᵉ siècle ! N'êtes-vous pas le « royal sacerdoce », la race d'élite, le peuple du rachat, la tribu de la lumière, vous, que Tertullien appelle les « candidats de l'Éternité ? »

Intervenez courageusement dans la grande lutte religieuse et sociale de votre patrie.

Intervenez par la prière, par la parole, par l'exemple.

Soyez apôtres ! Dans les rudes batailles de la vie morale, de la vie civile, de la vie catholique, marchez ensemble, pour soutenir la justice et pour défendre vos âmes. La coalition du mal et des mauvais ne saurait prévaloir contre l'association de vos convictions, de vos espérances et de vos immortelles amours.

Soldats du Christ, ayez sur les lèvres deux noms de victoire, chers à Diégo : « Jésus et Marie. » Ayez dans les mains les armes des forts : la Croix et le Rosaire !

Dans le cœur deux amours : l'amour de votre drapeau, l'amour de votre Mère !...

III

Diégo en face de son Ordre, de son siècle et de son pays ou l'ange tutélaire de l'Espagne.

> *Hic est fratrum amator et populi Israël.*
>
> Il a aimé ses frères et tout le peuple d'Israël.

MES RÉVÉRENDS PÈRES,
MES BIEN CHERS FRÈRES,

Dieu, qui a semé les cieux de milliers d'astres, narrateurs de sa gloire, a tracé à chaque créature sa destinée. Tout ici-bas a un but. Tout tend à réaliser le plan éternel. L'homme, — à la fois intelligence, amour et liberté, — a reçu l'immense honneur, le privilège insigne de se rendre par toutes ses œuvres à la récompense que Dieu lui prépare.

L'homme a été placé dans la main de son conseil. A lui fut confiée la gloire de Dieu. « Candidat de l'éternité », suivant le beau mot de Tertullien, il a une destinée d'outre-tombe. Or, les lois qui régissent les individus gouvernent aussi les sociétés. *Sic et homo, sic et ordo.* (Saint Bonaventure.)

Quelle voie le bienheureux Diégo a-t-il suivie pour accomplir son rôle sublime? Dans quels rapports de ressemblance a-t-il été avec son Ordre? Quelle a été son influence sur son siècle et sur son pays? Voilà des questions souverainement intéressantes.

Le bienheureux Diégo de Cadix n'a pas été seulement

un admirable et incomparable missionnaire, le porte-drapeau courageux de la Croix, infatigablement debout dans une des plus terribles luttes dont l'histoire ait conservé le souvenir; il a encore été la gloire de l'Ordre franciscain, sa patrie du cœur, et le sauveur de l'Espagne, sa patrie du sang.

C'est dans cette double lumière que nous allons le contempler.

I

Les Ordres religieux reproduisent dans le monde la physionomie de Notre-Seigneur Jésus-Christ.

Il est nécessaire pour le salut des âmes que la figure du divin Maître passe immortelle à travers les siècles. Il faut à l'humanité croyante, non pas un Christ mutilé ou amoindri, mais un Christ intégral et vivant.

Or, la vie monastique n'est que l'épanouissement plénier du Sauveur. Tous les Ordres religieux ont contemplé cet adorable modèle, mais chacun l'a vu sous un angle différent. Ainsi, la reproduction biographique et scripturaire de Jésus-Christ a été donnée avec des nuances diverses, concourant à l'effet du même tout, par chacun des quatre Évangélistes.

Chaque Congrégation imprime aussi dans sa Règle, dans ses constitutions, dans ses œuvres, dans l'histoire de ses Saints, dans la stratégie même de ses moyens d'action, une page de l'Évangile.

Le travail des champs, l'étude, la contemplation, aussi bien que la prédication, l'enseignement et la charité, ouvrent à tous les Ordres religieux un vaste champ de perfection.

Bethléem et Nazareth, le désert de la Sainte-Quarantaine et le mont des Béatitudes, le Thabor et le Golgotha n'existent pas seulement, à dix-neuf siècles de nous, dans le récit évangélique; ils ont au milieu de la société contemporaine leur vivant mémorial, en chacune des grandes familles qui s'inspirent de leurs souvenirs et nous conservent la gloire et la richesse de leurs immortels enseignements.

Or, dans le défilé des Ordres de la sainte Église, quel est le rôle, quelle est la place de l'Ordre franciscain ? Quel est le cachet de cet arsenal sacré où Diégo s'arma de toutes pièces pour le combat contre les erreurs et les vices de la Révolution ?

Vous reconnaîtrez l'Ordre des Frères-Mineurs à cette quadruple marque : La folie de la Croix, — Un amour séraphique, — L'évangélisation populaire, — La sève et la pérennité des grandes dévotions catholiques.

Vous verrez aussitôt, en face de cet idéal de notre vie franciscaine, apparaître avec un air de famille saisissant, la belle figure du bienheureux Diégo de Cadix. Diégo est un Capucin d'authentique noblesse.

L'Ordre franciscain a étudié Jésus-Christ dans la crèche et sur la croix ; il l'a vu pieds nus sur les routes de Judée, vêtu de la pauvre tunique de l'apprenti charpentier, et il a reçu de ce spectacle, plus sublime que l'éblouissante apparition du Thabor, une blessure à jamais inguérissable. L'Ordre franciscain est la folie d'amour du Christ en croix.

Tel que l'a conçu François d'Assise au XIII° siècle, le Frère-Mineur doit reproduire Jésus souffrant et prêchant.

Porte-croix de l'Alverne, regarde donc le Porte-croix du Calvaire, et apprends sur quel idéal, d'après quel plan tu as été formé ! Regarde aussi Diégo, ton bienheureux frère, et salue en lui le premier caractère de la famille séraphique : La folie de la Croix ! — Oui : *Folie de la Croix*, ce moine aux pieds nus, la tête rasée, les reins ceints d'une corde, humble et méditatif par les rues des brillantes cités, frappant comme par ironie, de sa rude sandale, les marbres orgueilleux de l'Escurial et les dalles séculaires de l'Alhambra, anathème vivant qui, sur son passage, marque au front toutes les sensualités de son siècle !

En face des apothéoses que le monde fait au Dieu Mammon, resplendit la bure de ce mendiant volontaire et heureux, n'ayant pas même à lui les trois planches sur lesquelles il prend son court sommeil. Avec cet habit de pénitence renaît jusque dans les oublis honteux du paganisme contemporain la vision du Crucifix, le grand programme du renoncement évangélique. On sent dans l'apparition du Capucin espagnol l'antagonisme irréductible de l'esprit de Jésus-Christ et de l'esprit du siècle.

Toutes les passions se dressent rugissantes contre ce ressouvenir vivant du Sauveur des hommes. Il n'en a cure. Diégo les a domptées en lui dès sa jeunesse. Il les a mises au joug. Pourquoi les craindrait-il ?

Folie de la Croix, cette vie du noble hidalgo devenu Frère-Mineur, abandonnée comme celle des passereaux ou des lis des champs aux soins maternels de la divine Providence et reposant uniquement sur la pierre fondamentale de la très haute pauvreté !

En voulez-vous un exemple ?

Diégo, chassé d'une ville, a passé la nuit en plein air, au mois de novembre. Le matin venu, il secoue la neige qui le recouvre d'un linceul glacé et s'écrie joyeux : « Chantons notre dame la Pauvreté : nous avons habité son palais. Dieu était ici avec saint François. »

Folie de la Croix, cet oubli méprisant de tous les biens d'ici-bas, cette joie d'enfant gâté du bon Dieu, toujours riche dans sa disette, toujours au large dans sa cellule un peu moins étroite qu'un cercueil, — toujours indépendant et libre dans les chaînes d'or de l'obéissance !

Folie de la Croix, enfin, ce martyre à petit feu de l'austère fils de la pénitence, chargé de chaînes de fer et de cilices, disant à ses Frères : « Dieu a posé sur nous les iniquités du monde. Nous sommes des victimes ; sachons donc souffrir et nous sacrifier. »

Comment s'en étonner ? — Aux yeux des sages, des

blasés et des apeurés de tous les siècles, le Franciscain toujours se dressera comme la protestation de la Croix nue et hérissée de clous et d'épines. Vision d'épouvante, étendard de contradiction : *Signum cui contradicetur,* Ce moine étrange, témoin et propagateur d'une doctrine qui ne change pas, — ce fils de la solitude qui se mêle aux masses populaires sans rien prendre de leur civilisation raffinée, — ne cessera d'être aux yeux du monde une sorte de remords et de scandale permanent. Le monde ne pardonne pas à cet homme, même lorsqu'il se tait, l'éloquence victorieuse de sa bure redoutée.

« La Croix est opprobre aux Juifs et risée aux Gentils. » Malheur à qui se glorifie des stigmates de la Croix ! Il doit s'attendre à une fortune de haine et de persécution à nulle autre seconde ici-bas.

Diégo le savait. Mais il savait aussi que la folie de la Croix sauve les âmes. N'est-ce pas en effet au prix du sang que Notre-Seigneur reconnaît la vraie charité ? *Majorem charitatem nemo habet ut animam suam ponat quis pro amicis suis.*

La charité est la vertu capitale du christianisme, le commandement nouveau, le résumé et la plénitude de la loi évangélique. Promulgué au Sinaï, au milieu des éclairs et de la foudre, en face des idolâtries du peuple sémite, écrit sur la pierre par le doigt de Dieu, puis imprimé en lettres de sang sur la chair meurtrie de Jésus au Golgotha, l'amour demeure à jamais la grande école d'application des âmes qui veulent suivre de près le divin Patient et accomplir à leurs dépens ce qui manque à sa Passion.

François d'Assise avait appris de saint Paul où puiser cette science incomparable sans laquelle, même avec toutes les lumières d'ici-bas, l'homme ne connaît rien dans les choses de la vie. Il y a sur le globe terrestre un point où fondent les glaces les plus épaisses, où les métaux les plus durs entrent en fusion. Le point où les cœurs s'embrasent, se consument et se divinisent, est le roc du Calvaire; du bois de la Croix s'allume l'incendie d'amour. O mon Crucifix, touche-moi au front et les lumineuses pensées jailliront; touche-moi au cœur et mes énergies latentes pour le bien prendront irrésistiblement feu, et mon âme ressentira cette secousse électrique qui fait les séraphins et les martyrs d'amour : *Vivum incendium amoris.* (Saint Thomas.) « Je traverserai le monde en réchauffant les âmes pour les entraîner après moi à Notre-Seigneur Jésus-Christ. »

C'est à cette école que François d'Assise apprit la science de l'amour. C'est dans la fournaise du cœur souffrant de Jésus qu'il a plongé son Ordre.

Saint Dominique a pris la lumière. François a demandé l'amour, et il a fait de cette vive flamme le mystérieux tourment et l'immortel honneur de sa famille religieuse. Aussi la sainte Église n'a pas craint de nommer l'Ordre des Frères-Mineurs : l'Ordre séraphique. De fait, les séraphins ne sont pas rares dans les annales de notre histoire six fois séculaire.

Voulez-vous l'amour, d'une poésie merveilleuse? Frère des pâquerettes, des agneaux et des rouges-gorges, éperdument épris de sa « Dame la Pauvreté », et la promenant fièrement à son bras à travers le monde, l'amour avec toutes les candides revanches de l'esprit sur la chair, joyeux, enivré du sacrifice, stigmatisé avec et par le Christ, le front plein d'extase, le cœur en feu, jetant aux cimes de l'Alverne son cri vainqueur : *Deus meus et omnia!* Voici François d'Assise.

Voulez-vous l'amour tendre comme une mère, mélancolique et mélodieux comme le rossignol des vallées, pur comme les anges, laissant tomber de sa plume d'or, sur des pages de lumière et de vie, les révélations qu'il a puisées dans les plaies du Crucifix? Voici Bonaventure.

Voulez-vous l'amour avec la suprématie surnaturelle de l'âme, semant à pleines mains les miracles, popularisant son culte chez tous les peuples à travers les âges, et nourrissant encore aujourd'hui les pauvres et les miséreux de la dîme des aumônes apportées à son autel par la reconnaissance ? Voici Antoine de Padoue.

Voulez-vous l'amour armé de la croix des batailles, convoquant les rois et les princes aux grandes chevauchées de la foi et de l'héroïsme, l'amour traversant l'Europe, pieds nus, un bâton à la main, portant dans les plis de sa bure la liberté des peuples avec la décision des papes ? Voici Jean de Capistran. Voici Laurent de Brindes.

Que ne puis-je vous montrer tout ce splendide défilé de séraphins !

Vous verriez l'amour sous la pourpre du martyre dans la personne de saint Fidèle de Sygmaringen,

L'amour aux lèvres ensoleillées d'un perpétuel sourire, la besace à l'épaule, quêtant dans les rues de Rome avec Félix de Cantalice,

L'amour pénitent, vivante béatitude sur les lèvres et dans le cœur de Pierre d'Alcantara,

L'amour humble et sublime, émerveillant les évêques et les cardinaux dans la cellule de Crispin de Viterbe ; tandis que Rose, son aimable concitoyenne et sa sœur en saint François, joue avec les tourterelles et menace les tyrans.

Oui, l'amour est partout dans notre Ordre. L'amour est partout aussi dans la vie du bienheureux Diégo de Cadix. Ses œuvres prouvent surabondamment qu'en son cœur brûlait la flamme séraphique : *Vivum incendium amoris.*

Écoutez-le aux heures les plus sacrées qui soient dans la vie des Saints : celle de l'extase et celle de la mort. « O amour crucifié pour moi, s'écrie-t-il dans le feu des ravissements divins, vous êtes ma vie, le centre de mes délices, ma joie, mon tout ! Changez mes membres en autant de langues pour que je puisse vous faire connaître, vous faire aimer. O mon Jésus, je suis dévoré du désir de vous voir aimé, adoré, béni par tous les hommes dans les siècles des siècles. »

Au moment de mourir, c'est-à-dire lorsque l'âme des Saints, voisine de l'Éternité, atteint ici-bas le summum de la clairvoyance et de la charité, notre Bienheureux formulera lui-même la synthèse et le principe de toute sa vie : « O Jésus, mon doux Jésus ! Vous, l'amour et le soutien de ma vie, Vous savez que je vous aime ! »

Heureux mille fois le chrétien qui, près de quitter la terre peut, sous le regard du divin Maître, se rendre ce consolant témoignage !

Mieux que le soleil, l'amour séraphique donne à la mort du juste les splendeurs d'un beau soir d'été.

L'évangélisation populaire constitue un autre lien de parenté morale entre le bienheureux Diégo et sa famille de cœur, l'Ordre franciscain : l'Évangile est annoncé aux pauvres.

Pauperes evangelizantur. Souveraine affirmation que donne de la divinité de sa mission Notre-Seigneur Jésus-Christ au peuple ! Car, avant tout, Jésus a aimé, béni, protégé, Jésus a préconisé les petits. C'est aux humbles qu'est allé à son tour François, son fidèle imitateur. Il a compris les besoins moraux, religieux et sociaux du peuple. Il l'a vu, au XIIIᵉ siècle, triste et misérable, délaissé, comme un troupeau sans pasteur.

Pourquoi donc le peuple demeurerait-il couché sous le joug écrasant de la féodalité ? N'est-il pas capable de grandes aspirations, de conquêtes généreuses dans l'ordre de la foi, du travail et du dévouement ?

Faible, le peuple est méprisé. Puissant, le peuple est flatté ou trompé. Toujours et partout, lorsqu'on lui arrache Dieu, le peuple souffre lamentablement. Voilà pourquoi François d'Assise, avec des intuitions plus profondes que celles du génie ou de la politique, a fondé un Ordre sur la pauvreté et sur le travail.

Il est devenu par là le vrai émancipateur des classes populaires. Qui n'en conviendra ? Entre le peuple et l'Ordre franciscain se sont fortifiés, depuis six siècles, des liens de fraternité dans la religion, la souffrance et la liberté, assez forts pour résister aux secousses sataniques du protestantisme, du voltairianisme et du rationalisme contemporain. Tout ce que les coryphées du mal ont pu dépenser d'ironie pour ridiculiser les Frères-Mineurs, n'a servi qu'à les rendre plus populaires.

Comment, au xviii° siècle, le peuple n'eût-il pas aimé le bienheureux Diégo ? Entre eux que de points de rapprochement !

Les petits couvents qu'habita notre missionnaire ne ressemblaient-ils pas aux pauvres maisons des ouvriers ? N'étaient-elles pas sœurs des mansardes et des sous-sols obscurs des miséreux, les étroites cellules de Xérès, où l'apôtre se préparait, dans le silence et la prière, à de nouveaux combats ?

La tunique plébéienne des villageois, évangélisés d'abord par le Bienheureux, avait-elle à rougir du sac de pénitence dont il était revêtu ? Ne répondait-elle pas aux besoins sacrés de l'âme populaire, la parole franche, chaude, énergique de ce moine aux pieds nus, démontrant à son siècle, par l'héroïsme de l'exemple, que la noblesse de la charité l'emporte sur la noblesse du sang ?

Oui, par ses aspirations, Diégo allait irrésistiblement au peuple. Le ministère des campagnes l'avait captivé. C'était là, croyait-il, son champ de travail ; et Notre-Seigneur Jésus-Christ dut lui faire une miraculeuse violence pour l'attacher à l'apostolat des hautes classes de la société.

C'était donc bien le fils de François d'Assise, ce grand amant du peuple. L'Ordre franciscain ne s'est point éloigné de l'esprit de son Fondateur et de ses fils les plus illustres.

Il y a longtemps que brillent sur la bannière de la famille séraphique ces trois mots avant tout chrétiens : *Liberté, Égalité, Fraternité !*

Le peuple les lit aujourd'hui, étincelants, au frontispice de tous les monuments publics. Pendant cinq siècles, les Franciscains avaient vécu, dans leurs couvents, de ces principes évangéliques et les avaient, par leurs prédications, imprimés dans toutes les âmes.

Aussi ce qui se prépare aux horizons prochains ne nous fait pas peur. Léon XIII convoque tous les catholiques dans un effort commun d'amour sur le terrain des intérêts populaires. Je le dis avec une filiale fierté, nous n'avons, nous, Franciscains, ni à monter, ni à descendre pour aller au peuple. Nous sommes toujours restés avec lui.

Le Pape vient d'adresser à tous les prédicateurs du monde catholique une exhortation pressante sur la stratégie qu'ils doivent employer pour convertir les âmes. Eh bien! ici encore, nous n'avons pas à changer. Toujours dans les chaires où nous appelèrent nos pères dans la foi, successeurs des Apôtres, nous avons redit au peuple, sans le flatter ni le craindre, les vérités qui sauvent, le christianisme intégral, la morale pleinement chrétienne, et non pas ce « verbe adultéré » que stigmatise l'Apôtre et qui semble rougir de Notre-Seigneur Jésus-Christ. Diégo, notre glorieux frère, debout maintenant sur les autels, nous répète à son tour la parole du Pape, qui est celle de nos traditions : « Parole du Pape, consigne de Dieu. » Nous ne l'oublierons pas.

Un Ordre vit enfin de la sève des dévotions chrétiennes, tout comme un arbre vit de soleil, de rosée, des sucs de la terre. Or, quelles sont les dévotions franciscaines? Les retrouvons-nous dans la vie du bienheureux Diégo?

Interrogez l'histoire. Elle vous dira que les amours de Diégo sont bien celles de son Ordre.

La famille séraphique a toujours aimé, prêché, propagé les grandes dévotions suivantes : Le Crucifix, — l'Eucharistie, — l'Immaculée-Conception de la Vierge Marie, — le Pape et le Prêtre.

On reconnaît les fils du patriarche d'Assise à ces courants de foi, de piété, de prosélytisme. Saint François a mis dans nos âmes cette moelle sacrée de son âme. Le Crucifix lui parle, l'embrasse, l'éclaire. C'est à ses pieds qu'il médite la Bible. C'est le Crucifix qu'il plante, comme signe de ralliement et de protection, dans la cabane de Rivo-Torto; le Crucifix qu'il rend témoin de ses larmes et de ses effusions de tendresse. C'est le Crucifix qui le marque des stigmates d'amour, de douleur et de gloire. François d'Assise s'est à ce point rendu semblable au Crucifix, que si la croix venait à disparaître, l'Ordre séraphique n'aurait qu'à regarder son Fondateur et ses enfants. Il retrouverait la croix dans la forme de leur habit, dans les formules de leurs prières, dans les armes de leur blason, jusque dans l'attitude qu'ils prennent la nuit et le jour pour apaiser la colère divine.

Le bienheureux Diégo a porté cet habit, vécu de cette vie des crucifiés de notre Ordre. Il a pleuré, aimé, chanté, comme François d'Assise, son immortel honneur, son impérissable amour, la croix de Jésus-Christ.

Voulez-vous reconnaître la parenté d'amour de François d'Assise et de Diégo de Cadix dans le culte eucharistique?

Rappelez-vous les lettres que François écrivait aux prêtres de son Ordre pour leur rappeler le prix du saint sacrifice de la messe, son respect pour les églises les plus abandonnées, ses prostrations à deux genoux, le front dans la poussière du chemin, lorsque pyramidait au loin, sur l'azur du ciel, la flèche d'un clocher. Souvenez-vous que cinq siècles plus tard, Diégo de Cadix ramenait au culte de l'Eucharistie son peuple, refroidi par le jansénisme. Il fondait, pour rendre honneur au Dieu du tabernacle, des confréries d'adoration, sous le nom de Confréries de la Lumière. Par les soins de l'infatigable prêcheur, la communion fréquente fut mise en honneur. Les fidèles revinrent à la Table sainte comme des cerfs

altérés à la fontaine des eaux vives. N'avons-nous pas
là le cachet de la dévotion franciscaine ?

Voulez-vous saisir dans notre Ordre la trace lumi-
neuse de la dévotion de saint François à l'Immaculée-
Conception de Marie, Mère de Dieu ?

Elle brille d'un éclat sans éclipse et sans ombre dans
tous les livres de nos Docteurs et dans les pieux usages
de notre liturgie.

Dans la chapelle de la Portioncule, François d'Assise
présentait à l'auguste Reine du Ciel un bouquet de
roses miraculeusement fleuries sur la neige. Or, le
8 décembre 1854, les Généraux de l'Ordre séraphique
ont eu le privilège insigne de venir déposer aux pieds
de Pie IX des branches de lis d'or et d'argent. N'était-ce
pas, à l'heure inoubliable de la promulgation du
dogme virginal, l'épanouissement symbolique de toutes
les aspirations de la grande famille franciscaine au
comble de ses vœux ?

Dans ce concert six fois séculaire de piété et d'apostolat, nous avons entendu la note d'amour filial du bienheureux Diégo pour la Vierge très pure. Qu'il nous suffise
de rappeler le refrain joyeux de son âme à toute heure
du jour. *Ave, Maria purissima*, murmurait-il en tombant à genoux, chaque fois qu'il entendait sonner
l'horloge. Spontanément, en vrai fils de François, il
revenait au privilège aimé de la Mère de Jésus-Christ.
Miel à ses lèvres, symphonie à son oreille, il ne savait
pas se rassasier de cette invocation.

Un dernier trait achève en Diégo la physionomie
franciscaine : il aime le Pape et les prêtres.

De tout temps, notre Ordre a obéi au précepte de son
Fondateur : « Frère François promet obéissance et
révérence au seigneur Pape Honorius et à ses successeurs, canoniquement élus, et à l'Église romaine. »
De fait, avant tout autre Ordre de Prêcheurs, nous
avons demandé au Souverain Pontife l'approbation
explicite de notre Règle. Nous sommes le seul Ordre

obligé par sa Règle à suivre en tout le Bréviaire romain et la liturgie romaine. Nos Saints ont partout et toujours prêché l'obéissance au Vicaire de Jésus-Christ. Ils n'ont cessé de s'orienter sur Rome. Ils en ont porté les messages aux princes de la chrétienté; ils en ont défendu les droits. En tête de toutes ses gloires, comme au premier chapitre de sa Règle, l'Ordre franciscain a placé la dévotion au Pape. Diégo-Joseph continua toutes nos traditions. Ce fut l'homme avant tout *catholique;* aussi le Pape l'avait nommé Missionnaire apostolique et lui avait accordé cinq mille jours d'indulgences plénières à répartir sur ses missions. Comment n'eût-il pas aimé la Papauté, qu'il voyait sur le Thabor d'indicibles angoisses, dans l'auréole de souveraines persécutions ?

Écoutez toute l'âme du Bienheureux éclater dans ce cri de suprême douleur : « Le Pape est mort ! Comment vivrai-je désormais ? » N'est-ce pas un cri de Franciscain ?

Après l'avoir vu pleurer la nuit aux pieds des autels sur l'exil et les amertumes de Pie VI, dois-je vous le montrer à genoux devant le prêtre, baisant cette main qui consacre le corps et le sang de Jésus-Christ, rendant au prêtre des honneurs que François d'Assise, son Père, refusait aux Chérubins eux-mêmes? A quoi bon ? Les manifestations de ses amours pourraient se multiplier sans fin. Elles ne nous apprendraient rien. Diégo avait au cœur toutes les flammes séraphiques : c'est bien un Franciscain d'authentique marque.

L'Église, en béatifiant aujourd'hui le Capucin Diégo-Joseph, consacre donc et glorifie toutes les noblesses et toutes les tendresses de notre Ordre : Folie de la croix, amour séraphique, évangélisation populaire, dévotions catholiques.

Que signifie, dès lors, cet « esprit nouveau, ces tempéraments modernes, cette infusion d'idées progressistes », dont nous parlent certains philosophes du XIXᵉ siècle ?

« Moines du moyen âge, nous disent-ils, vous avez rendu d'incontestables services au passé. Mais le passé ne reviendra plus. Arts, politique, industrie, religion même, tout change. Vous n'êtes plus en harmonie avec nos progrès! Modifiez-vous, ou retirez-vous! »

Eh bien, non! L'Ordre franciscain ne changera rien à son programme, rien à sa vie.

Il gardera tout ce qu'il a, tout ce qu'il est. *Sint ut sunt aut non sint!* On renouvelle les hommes, comme les sociétés, en les ramenant à leurs origines, en les replongeant dans l'air natal, et non pas en les soumettant à un régime qui ne peut faire que des anémiés et des phtisiques!

Donnez aux Ordres religieux leur principe générateur, et vous les régénérerez.

Quelle rénovation, quel ferment sacré, quelle vie puissante le siècle peut il bien injecter dans les veines d'un Ordre religieux, qui vaille l'énergie de sa première âme, qui remplace l'esprit de son Fondateur et l'Évangile de son Dieu?

Quel phosphate de vos chimistes, quel théorème de vos savants pourra jamais se substituer à cette moelle divine, à ce flot de grâce évangélique qu'il a reçu de Notre-Seigneur Jésus-Christ?

Que nous parlez-vous d'amélioration?

Ne portons-nous pas dans nos mains les vivres des siècles qui veulent grandir : la croix, l'Eucharistie, la liberté des âmes, les espérances éternelles?

Ah! laissez-nous nos larges et profondes amours qui embrassent, avec Dieu, toute l'humanité ; nos jeûnes, nos offices de jour et de nuit, notre pauvreté et nos pieds nus!

Heureusement pour les pauvres de votre société moderne qu'il y a les pauvres volontaires et joyeux du cloître.

Laissez-nous prier, prêcher, expier. Car votre monde est en péril. Il y a des soleils de civilisation trop chauds qui mettent le feu aux colères du peuple ! Il y a des courants de liberté trop puissants qui entraînent aux abimes !

Vous dites, les yeux sur l'horizon : « Voici la lumière qui se lève... Vive l'aurore !... » Malheureux !... et si c'était l'incendie?

Vous criez : « Voici la marée qui monte... Vive le progrès !... » Et si c'était la tempête, si c'était le déluge ?...

Sachez-le bien, améliorateurs du xixᵉ siècle, pour endiguer les passions des masses, pour enchaîner cette frénésie de jouir, pour refouler cette vague d'ambition folle qui déferle de toutes parts et qui menace la famille, la patrie, la planète entière, vous avez besoin du spectacle permanent de la pauvreté et de la pénitence résignées, réjouies, choisies par amour pour Dieu et pour le peuple. Vous avez besoin que l'Évangile des béatitudes soit pratiqué et jeté hardiment à toutes les classes de la société par les fils de la vie religieuse !

Les chapelles et les couvents diminuent d'autant le nombre de vos lupanars, de vos prisons et de vos échafauds.

Et pour sauver les âmes, pour régénérer un peuple, plus font la parole et l'exemple d'un moine que le couperet du bourreau.

Non, nous ne changerons pas.

Prouvez-nous que l'Évangile a changé, que les hommes n'ont plus de passions, que vos cités sont autant de paradis terrestres, où les clameurs de haine, d'orgueil, de désespoir, ne se font plus entendre!

Prouvez-nous que les peuples n'ont plus besoin d'autels, ni de commerce intime et public avec Dieu !

Nous ne changerons pas. Nous évangéliserons le jour et nous prierons la nuit. Nous demeurerons fidèles à notre veillée d'armes au pied de la croix, armés de l'amour séraphique, riches du verbe évangélique populaire de nos dévotions chrétiennes. Nous garderons notre bure et nos pieds nus. Les Franciscains sont des crucifiés; ils resteront crucifiés.

« Descendez de la croix », nous crie le siècle. Le même cri, vous répondrai-je avec mon frère saint Bonaventure, a retenti il y a dix-neuf cents ans sur le Calvaire.

« Prouvez-nous qu'il y a plus d'amour à descendre de la croix qu'à rester sur la croix, et nous descendrons ! »

Mais vous ne le prouverez jamais !

Nous garderons donc notre croix. C'est par la croix qu'avec Jésus-Christ nous attirerons tout à nous, et que nous aimerons nos frères, et le peuple d'Israël : *Hic est fratrum amator et populi Israël.*

François d'Assise, il y a six siècles, et aujourd'hui notre bienheureux Diégo, nous ont transmis, par leur vie, le grand mot d'ordre de l'Apôtre : « C'est sur vous que repose dans la vertu de Dieu ce qui reste au monde d'honneur et de gloire. » *Quod est honoris gloriæ et virtutis Dei, super nos requiescit.*

II

Le bienheureux Diégo-Joseph de Cadix, n'est pas seulement un Franciscain, c'est un patriote.

Il a tous les amours glorieux de ses frères de la Famille séraphique. *Hic est fratrum amator.*

Nous allons voir qu'il est aussi le sauveur admirable de son peuple, l'ange tutélaire de l'Espagne : *et populi Israël.*

Mieux que tous les raisonnements, le rôle du bienheureux Diégo, à la fin du XVIIIᵉ siècle, montrera que les Frères-Mineurs, pour accomplir leur mission providentielle dans la société, n'ont qu'à rester fidèlement attachés aux Règles et à la vie de leur fondateur.

Le XVIIIᵉ siècle penchait vers son déclin. Commencé dans l'orgie, il finissait sur l'échafaud. Après la boue, le sang. Dieu, suivant l'énergique expression de la

Bible, allait jeter les « grappes pourries dans la cuve de sa colère, fouler lui-même le pressoir et rougir sa robe du sang des peuples et des rois ».

L'heure du châtiment sonnait lugubre, inexorable. La justice de Dieu était à bout. Que s'était-il donc passé ?... Le voici.

Toute chair avait corrompu sa voie.

Saisi de tristesse et de dégoût devant les scandales de la Régence, le peuple n'avait plus la ressource de se confier à Dieu. Dieu lui faisait peur. Le jansénisme n'avait-il pas relevé et rétréci les bras du Crucifix et fait de l'Eucharistie, non plus le pain du voyage, mais la récompense d'une vertu désespérante à force de sublimité ?

Le philosophisme avait dressé partout ses chaires de pestilence. Couché sur les sofas aristocratiques d'une corruption raffinée, il blasphémait avec grâce. L'athéisme était une étiquette d'esprit, une aigrette de bon ton.

Par ses mœurs, par son esprit public, par ses salons, par ses écoles et ses livres, le xviiie siècle s'était rué sur l'Église. Il la battait, comme à coups de béliers on battait autrefois les murs d'une forteresse assiégée.

Voltaire, le rire satanique, secouait de ses deux bras galvanisés par la haine, la grande croix de l'autel pour en faire tomber le Christ. Enrichi à la traite des esclaves, il parlait de liberté. Citoyen français, il se moquait de notre armée vaincue à Rosbach. Rien n'égalait sa haine pour Dieu, si ce n'est son immense mépris pour « le peuple des cordonniers et des servantes ». Et la France dressait à Voltaire des autels et couronnait de fleurs son buste sacrilège !

Aussi pervers avec plus de sentimentalité et de flamme, Jean-Jacques Rousseau, les deux pieds dans la boue, sapait les principes éternels de la société. Écrivain sans pudeur et père sans entrailles, il portait avec le même sans-gène ses livres à l'imprimeur et sa progéniture rachitique à l'hospice des Enfants-Trouvés.

Sur leurs trônes avilis, les rois riaient et laissaient faire. Les philosophes, valetaille lettrée, lâches flatteurs d'un césarisme qui s'appelait alors Frédéric II et Catherine II, sifflaient la chute prochaine de l'Église.

France, Allemagne, Suède, Russie, Autriche! Prêtez l'oreille! Un vent d'impiété partout secoue les âmes. Partout les trônes tremblent... La société glisse dans le sang.

Mais, pendant que l'orgie ruisselle, pendant que le beau monde de ce temps-là échange des billets doux dans lesquels tout est insulté, famille, patrie, religion; pendant que la noblesse de la Régence, vêtue de soie et la rose aux dents, jette son nom aux gémonies de l'histoire, avant de jeter sa tête au bourreau, l'orage gronde, et, dans le feu des éclairs, la main qui traça jadis le *Mane, Thécel, Pharès,* sur la muraille maudite, signe la condamnation à mort de ce siècle d'iniquités...

Cependant, au sein des miasmes de l'immense bourbier social, s'élevait encore le parfum céleste de quelques saintes âmes : Marie Lecksinska, Louise de France, Mgr Lamothe, Alphonse de Liguori, Benoît-Joseph Labre, le P. de Montfort..., Diégo de Cadix, Gilles de Saint-Joseph, Félix de Nicosie, ces trois derniers Franciscains. Ce fut à cette heure sombre où l'impiété chevauchait par le monde avec son cortège de vices et de crimes, que notre Bienheureux fut donné par Dieu à l'Espagne.

Debout sur la montagne mystérieuse, *stans in monte Dei,* comme le chevalier du droit et de la justice, la croix en main (arme des forts!), il écoutait, du fond de sa cellule, les bruits horribles de la Révolution qui montait, déluge de honte et de sang!... Pendant trente ans, dans un essor d'amoureuse protection, il allait, comme le chérubin du Prophète, planer au-dessus de son peuple : *Cherub extentus et protegens.* Diégo-Joseph! C'est la réponse maternelle que Dieu, dans des temps troublés, fait à l'héroïsme dix fois séculaire de l'Espagne luttant contre les invasions mauresques pour sauver l'Europe et l'Église menacées.

L'Espagne devra à l'ardent apôtre capucin d'échapper en partie aux horreurs sociales de la Révolution de 1793.

Il a sauvé la foi et le patriotisme de son pays.

Ça été là manifestement le rôle providentiel du bienheureux Diégo. L'Église le reconnaît elle-même dans l'oraison qu'elle consacre à sa mémoire. *In salutem gentis suæ mirabiliter direxisti*. Le bienheureux Diégo préserva l'Espagne catholique des perversités intellectuelles et morales de Voltaire et de Rousseau.

Tout son enseignement apostolique est dirigé contre eux. Tous deux niaient la révélation, attaquaient l'Évangile, blasphémaient la divinité de Jésus-Christ, repoussaient la morale chrétienne.

Trente ans durant, le verbe enflammé du nouveau saint Paul éclairera aux yeux de l'Espagne les vérités attaquées par les philosophes du xviii° siècle.

En face de leur déisme, il affirmera le dogme — fondement de tout le *Credo*, celui de la très sainte Trinité.

« Après saint Augustin, disait un évêque, en parlant du bienheureux Diégo, jamais homme n'a dit de pareilles merveilles sur la sainte Trinité. Ce Capucin n'a pu prêcher ainsi qu'en contemplant face à face, pendant tout le temps du sermon, le Père, le Fils et le Saint-Esprit. »

Non seulement Diégo avait reçu science et lumières, mais lorsqu'il développait ce dogme adorable, son cœur savourait « autant de douceur que peut en supporter l'état d'âme voyageuse en ce monde ».

Armé du divin Trisagion, il prosternait les âmes dans l'aveu de leur misère ; il les relevait dans les clartés de l'espérance et les poussait, triomphantes, jusque sur les cimes embrasées de l'amour.

La Trinité l'illuminait à des profondeurs inouïes. Son visage apparaissait resplendissant comme la face des séraphins. Le miracle allumait au-dessus de son front

une auréole de trois soleils qui le suivaient longuement
sans que son humilité en pût voiler la gloire.

Jamais Diégo ne montait en chaire, afin de traiter son
divin sujet, sans porter sur sa poitrine le scapulaire des
Trinitaires.

« Je veux, comme les ambassadeurs, disait-il, montrer
à l'Espagne les livrées de mon Seigneur, Roi du ciel et
de la terre. Plût à Dieu, — ajoutait-il humblement —
que ce signe de ma céleste appartenance fût imprimé,
en même temps que sur mon habit, sur les fibres de
mon cœur ! »

Diégo a été surnommé l'apôtre de la très sainte Trinité. Et il n'est pas rare, encore aujourd'hui, d'entendre
les laboureurs et les vignerons de l'Andalousie chanter,
le soir, son cantique :

« O Dieu saint! O Dieu fort! O Dieu immortel! Je suis
à toi! »

Tandis que Voltaire,

Ce singe de génie,
Chez l'homme en mission par le diable envoyé,

riait des choses les plus sacrées, ébranlait toute autorité,
couvrant de ruines morales le plus beau des pays, de
l'autre côté des Pyrénées, l'homme de Dieu répandait
à profusion la parole qui vivifie, et sa foi conquérante élevait dans presque toutes les villes de la Péninsule des trophées immortels à l'honneur de Notre-
Seigneur Jésus-Christ. Le peuple espagnol revint à la
communion fréquente, et conserva sa foi vive et sa
naïve piété. Il dut cette grâce précieuse à l'apostolat de
son infatigable Capucin.

Quelle prise les blasphèmes de Voltaire pouvaient-ils
avoir sur un peuple inondé pendant trente ans des flots
de cette miraculeuse lumière ! Quelle réponse plus éloquente, plus accablante aux sophismes de l'impiété que le
spectacle quotidien de ce moine dont la parole jetait dans
l'admiration les universités, les académies, les cathédrales et la cour elle-même !

Qu'avait à craindre des utopies subversives de Jean-Jacques une société pénétrée, à tous les degrés, de la charité incommensurable de ce séraphin terrestre, ami de Dieu et des hommes, par qui toute misère s'allégeait d'espérance?

Partout, à sa voix, la discorde tombait ; les ennemis s'embrassaient, de douces larmes de joie détrempaient des cœurs que la haine invétérée avait faits de marbre, et (contraste qui frappait les moins mûris à la réflexion) tandis que de l'autre côté des monts une société presque entière s'en allait, avec le mépris de tout, aux humiliations effroyables d'une Révolution unique dans l'histoire, l'Espagne se couvrait d'une floraison d'œuvres admirables : hôpitaux, établissements de charité, écoles, églises et calvaires. La paix s'avançait, joyeuse, sur tous les chemins, offrant aux âmes l'abondance et les opulentes richesses d'un fortifiant et mystérieux repos. *Sedebit populus meus in pulchritudine pacis, in requie opulenta.*

Voilà l'œuvre d'un Saint, brûlant d'amour, armé de la croix. Voilà l'influence d'un de ces bienfaiteurs providentiels que Dieu réserve aux patries d'ici-bas, à l'heure des redoutables périls. Heureuses les nations qui les voient passer dans la nuit noire de leurs angoisses sociales !

Diégo sauve son peuple. Quels moyens a-t-il employés? L'amour, la prière, la pénitence, la prédication de l'Évangile.

Voilà les immuables paratonnerres des âmes et des sociétés. Aussi toute main qui tenterait de les arracher de notre ciel commettrait un crime de lèse-patrie.

Malheur à la génération qui n'a plus d'autels! Malheur au peuple qui enchaîne la parole de Dieu sur les lèvres de ses prêtres ! O Paris qui m'écoutes, toi qui tues tes archevêques et qui dressas tant d'échafauds, malgré tes crimes et tes iniquités, moderne Babylone, caravansérail où passent tous les vices, tous les chagrins, tous les désespoirs! cuve effroyable où bouillonne la corruption de l'univers, ô Paris! j'espère encore pour toi. Tant que je verrai se dresser sur tes collines les dômes de l'expiation, que j'entendrai au milieu de toi retentir la prédication de tes prêtres et de tes religieux, tant que je verrai passer au milieu du luxe et des étincellements de ta vie fiévreuse la cornette blanche de tes sœurs de charité, la soutane de tes prêtres, la bure et les pieds nus de tes moines, — je le proclame hautement, — ton heure n'aura pas sonné sur le timbre de la justice éternelle. Tu posséderas encore ce qui attendrit les cœurs, ce qui provoque les larmes et fait fléchir les genoux! Tu conserveras encore ce qui enchaîne ici-bas la Miséricorde de ton Dieu, je veux dire : la prière et la pénitence, la pureté et la charité.

Le bienheureux Diégo savait quelle est la force des sociétés. Aussi, avec quelle colère de lion blessé il repoussait les attaques des ennemis de l'autel et du foyer!

Avec quelle sainte indignation il marquait, comme au fer rouge, les ignobles écrivains, assassins des âmes!

Avec quelle énergie et quel zèle opiniâtre il réclamait les productions infâmes, les livres pervers de la trop fameuse encyclopédie! Lui-même voulait mettre le feu à ces immenses auto-da-fés.

Le peuple espagnol dut à l'orthodoxie indomptable de son apôtre la conservation de sa foi.

Hélas! que n'avons-nous imité la sagesse des concitoyens de Diégo! Au lieu de dresser des statues sur toutes les places de nos cités à des hommes qui ont prostitué leur talent, aux pervertisseurs de la conscience publique, ennemis de toutes nos gloires religieuses et nationales, que n'avons-nous déchiré, brûlé leurs œuvres! Nous récoltons aujourd'hui les fruits horibles des principes qu'ils ont répandus d'une main si tristement féconde.

Le mal est si grand que les plus blasés de notre génération s'en étonnent.

Dors-tu content, Voltaire, et ton hideux sourire
Voltige-t-il encore sur tes os décharnés?
Ton siècle était, dit-on, trop jeune pour te lire;
Le nôtre doit te plaire, et tes hommes sont nés.

Eh bien, le prêtre n'est ni de la race des courtisans, ni de celle des insulteurs, mais il a le devoir et le droit de flétrir l'iniquité partout où il la rencontre, fût-ce même sous la coupole des modernes Capitoles, ou sur le piédestal des gloires usurpées.

O vous donc, mains qui avez écrit tant de blasphèmes, ô mains sacrilèges honteusement enrichies du sang des âmes, qu'une popularité scandaleuse vous a payé en honneurs de toute sorte, ô mains dévorantes et souillées, qui avez arraché à l'enfant son innocence, à la femme et à la jeune fille leur pudeur, à l'ouvrier sa foi, au malheureux son espérance! O mains infâmes, qui avez fait asseoir sur la pierre du foyer de mon frère le pauvre ce triple spectre : le scepticisme, le désespoir, le suicide !... Soyez maudites, comme la main de Jéroboam sous l'anathème du Prophète (sa main fut desséchée et son bras fut raidi) !

Soyez maudites comme vous maudissait mon frère Diégo-Joseph.

Soyez maudites de Dieu, à jamais !... parce que vous avez commis le plus lâche le plus révoltant, le plus irréparable des forfaits !

Le philosophisme avait été vaincu par la parole et par les œuvres de Diégo. Voltaire représentait l'incrédulité, la malice et la puissance perverse de l'esprit qui a rejeté Dieu; Rousseau, le sentimentalisme faux, la philanthropie mensongère qui dessèche le cœur et déteste l'humanité. Or, notre bienheureux apôtre avait préservé l'âme chrétienne de l'Espagne de leurs infernales entreprises.

Restait Napoléon Ier, le génie militaire doublé d'une ambition folle, l'orgueil effroyable qui ne recule pas devant l'hécatombe d'un million d'hommes. Après avoir sauvé la foi de son peuple, Diégo maintint l'intégrité du territoire par l'énergie de conviction et l'héroïsme d'endurance, vraie trempe d'acier que son long apostolat et ses admirables exemples avaient donnée aux caractères et aux volontés.

Lorsque, au mépris des lois les plus sacrées de la neutralité, l'égoïsme formidable du conquérant voulut enchaîner l'Espagne au char de ses triomphes, la mort avait relevé Diégo de son poste de combat. Depuis deux ans, l'infatigable apôtre reposait à Ronda, dans l'immortalité de ses œuvres, au pied de Notre-Dame de la Paix.

Mais, du fond de son tombeau, le Bienheureux demeurait l'ange tétulaire de l'Espagne. Son souvenir vivant restait le palladium de la patrie violemment envahie. Plus d'une fois, Diégo-Joseph avait, pendant sa vie, pacifié les révoltes populaires, arraché à la mort les gouverneurs menacés, commandé en maître aux colères des masses. Ne l'avait-on pas vu debout, sur les barricades, le crucifix à la main, entre les émeutiers et les soldats comme l'ange de la patrie et de la religion?

Entré maintenant en vainqueur dans la béatitude éternelle, comment et pourquoi eût-il cessé d'aimer ses frères et le peuple d'Israël... *Hic est fratum amator et populi Israël...?*

Dieu n'est-il pas le centre de tous les amours?

Aussi la foi populaire le voyait debout sur la pierre de son sépulcre, pour défendre les autels et les foyers de sa nation : *in salutem gentis suæ mirabiliter direxisti.*

La puissance des Saints ne descend pas avec eux au cercueil. Tombés au champ du travail et du sacrifice, ils se survivent par l'influence des grandes idées qu'ils ont semées dans les âmes. Leur souvenir vit impérissable. Morts, ils remportent encore de magnifiques victoires.

La Bretagne et la Vendée, ces deux provinces les plus chrétiennes de la terre française, n'ont-elles pas reçu du bienheureux P. de Montfort les armes qui les ont rendues si fortes en 1793 : le Crucifix et le Rosaire ?

Si le sang de tant de martyrs a rougi leurs côteaux, leurs guérets et leurs chemins creux devenus des champs de bataille et d'héroïque agonie, si tant de pierres tombales, de pieux calvaires, de colonnes glorieuses jonchent leur sol de souvenirs sacrés, n'est-ce pas parce que le génie du P. de Monfort a su, par son apostolat, ajouter au caractère granitique de la Bretagne et au tempérament passionné de sa sœur la Vendée toutes les énergies de sa foi et de sa charité ?

Cent ans après sa mort, de son tombeau de Saint-Laurent-sur-Sèvre, Grignon de Montfort veillait encore sur les deux contrées chères à son cœur.

Son souvenir toujours aimé y fit germer toute une moisson de héros et de martyrs.

Ce que le bienheureux Grignon de Montfort avait fait pour deux provinces, le bienheureux Diégo de Cadix devait le renouveler pour les trois quarts de l'Espagne. On vit alors cet incomparable spectacle de tout un peuple défendant son droit contre l'homme qui avait vaincu tant de peuples, défendant son roi contre l'homme qui avait humilié tant de fronts couronnés, défendant la religion contre l'homme qui avait fait pleurer le Vicaire de Jésus-Christ, et qui l'avait traîné, captif, de Valence à Fontainebleau et à Savone. A l'heure où l'Europe pliait sous la main du tyran, seul, le peuple de Diégo ne se courbera point. Privé de 20.000 de ses soldats, envahi par d'innombrables légions, seul, il résiste ; seul, il fait à Napoléon, comme naguère les Vendéens, « une guerre de géants ». Seul enfin, endurci par l'ardent apôtre aux luttes sacrées de la justice et de la vérité, il maintient son autonomie et son indépendance au milieu des autres nations tremblantes et asservies.

« Ah ! Sire, vous demandiez à Drouot, là-bas dans le tourbillonnement des neiges et des flammes du Kremlin, pourquoi la Russie était indomptable. Et lui, vous montrant les cloches de Moscou, vous répondait : « Sire, la Russie est indomptable parce qu'elle est croyante. » Presque à la même heure, l'Espagne vous donna une aussi amère leçon.» Oui, l'Espagne fut indomptée, parce qu'elle fut chrétienne. Elle sortait, pour ainsi dire, toute brûlante de l'âme apostolique de notre Bienheureux. Croit-on que le patriotisme et le courage, les caractères et les cœurs n'eussent rien gagné à fréquenter partout, pendant trente ans, cette école vivante de lumière, d'amour, de pénitence et de miracles qui s'appelait Diégo-Joseph? Un peuple ne subit pas impunément l'assaut des grandes âmes.

Et jamais son enthousiasme n'a d'aussi sublimes envolées, jamais son énergie n'apparaît plus triomphale, au sein même des plus rudes épreuves, qu'à l'heure où, fort de la protection et des exemples de ses Saints, il atteint par la foi le summum de ses amours patriotiques et religieuses.

C'est alors qu'il est invincible.

Le bienheureux Diégo avait injecté dans le cœur de l'Espagne toutes ses flammes séraphiques, toutes ses volontés tenaces. Bientôt, à l'admiration de l'histoire, cette ardeur et cette ténacité se transformèrent en une résistance héroïque.

Deux faits vous feront reconnaître, dans son peuple, toute l'âme de Diégo.

Quand les parlementaires de Napoléon vinrent proposer aux concitoyens une déshonorante capitulation, personne ne leur dit mot. Mais on les conduisit devant les églises tendues de noir. Ils virent tout un peuple à genoux et en larmes; ils entendirent, frissonnants d'une mystérieuse horreur, avec les harmonies lugubres des grandes orgues, retentir les supplications suprêmes de la messe des morts. O profondeur de foi religieuse et nationale ! L'Espagne se faisait par avance à elle-même de solennelles funérailles. Pouvait-on parler de concessions à un peuple où les femmes, les vieillards, les enfants eux-mêmes s'apprêtaient aussi stoïquement à subir les gloires de l'extermination ?

Qui ne reconnaîtra là l'influence de l'ardent Capucin?... L'Espagne se montrait digne de son apôtre.

Un autre trait nous révèle quelle impression la parole de Diégo avait laissée dans l'âme chrétienne de l'Espagne.

Au galop des chevaux et sous l'escorte de gendarmes de Radet, Pie VII, enfermé dans un malle-poste, traversait le Midi de la France.

L'héroïque garnison de Saragosse, alors prisonnière à Grenoble, demanda et obtint de se porter tout entière au-devant du Pape exilé, qu'elle avait fait secrètement féliciter de sa résistance. La diligence s'arrêta un instant, et le Pape se penchant aux trois quarts par la portière, avec un air de joie et de tendresse indicibles, traça sur ses braves, basanés par tant de fatigue, le signe d'une immense bénédiction.

Moment inoubliable !. Pie VII ne bénissait pas seulement les anciens auditeurs de Diégo, les soldats courageux d'un siège mémorable, il bénissait l'Espagne avec ses gloires et ses douleurs, l'Espagne héroïne et martyre ! Il bénissait avec joie et consolation le peuple à qui Diégo avait prêché les grandeurs, les bienfaits de la Papauté.

Aussi, dans l'élan filial et dans l'enthousiasme attendri de ces deux mille prisonniers, n'entendez-vous pas comme les tressaillements d'amour, de douleur, de suprême dévouement du grand moine qui pleurait à chaudes larmes en apprenant la mort de Pie VII et qui jetait à l'Espagne ce cri déchirant : « Comment vivrai-je maintenant que le Pape est mort ? »

Diégo a trempé le caractère espagnol. Il a, par ses travaux, façonné l'âme de l'Espagne contemporaine et organisé avec sa parole, ses miracles et sa vie, la résistance de son peuple contre les perversités intellectuelles et contre les brutales oppressions de la Révolution.

Gloire de l'Ordre franciscain, il a été l'ange tutélaire de sa patrie : *Hic est fratrum amator et populi Israël.*

Allons, à notre tour, prier à son tombeau de Ronda, devenu désormais un autel. Demandons au Bienheureux la leçon posthume qui peut nous régénérer.

En 1867, lorsque les autorités ecclésiastiques et civiles ouvrirent le cercueil de Diégo-Joseph de Cadix, ses ossements apparurent inondés d'un sang frais et vermeil. On les essuya de linges blancs. Ils se couvrirent à nouveau d'une pourpre miraculeuse. On eût dit que ce sang d'apôtre, véhicule infatigable de si généreuses passions, ne voulait pas se dessécher. Sur les reliques sacrées et froides de la mort, c'était la prodigieuse image de la vie !

Plus encore que l'Espagne, la France a besoin de comprendre ce mystérieux et providentiel enseignement.

Depuis un an, dans toutes les villes où nous avons des couvents, votre triduum, ô bienheureux Diégo, a produit un grand mouvement religieux. N'avons-nous pas célébré vos vertus, chanté vos gloires, réclamé votre secours? N'avons-nous pas, dans nos temples magnifiquement parés, porté sur un pavois triomphal vos reliques miraculeuses qu'accompagnaient nos longues théories de fidèles et de prêtres, de religieux et de pontifes.

En religion mieux encore qu'en politique, nous pouvons redire le mot célèbre : « Il n'y a plus de Pyrénées ! »

Non, ô bienheureux Diégo, il n'y a plus de Pyrénées entre votre âme et l'âme de la France !

Vous avez eu dans l'esprit toutes les lumières de Dieu. Comment n'aimeriez-vous pas la nation qui a porté depuis quinze siècles à tous les peuples sauvages le flambeau de la foi chrétienne?

Vous avez été par-dessus tout un apôtre. Comment ne sentiriez-vous pas battre dans le cœur de la fille aînée de l'Église ce flot de prosélytisme, cette flamme généreuse qui fait d'elle avant tout et toujours la nation chevaleresque, la propagatrice à nulle autre seconde ici-bas de la civilisation et de la liberté?...

Vous avez eu au cœur tous les amours, ô grand moine! toutes les énergies, ô grand patriote! Pourriez-vous méconnaître le cœur de la France si facile au pardon, si large à l'hospitalité? L'Irlande affamée, la Pologne vaincue, votre chère Espagne malheureuse, — ô Diégo! — en ont, depuis cinquante ans, conservé le reconnaissant souvenir. La France est toujours l'amie des peuples malheureux. Dites-lui donc aujourd'hui par la voix de vos bienfaits que tout n'est pas fini pour elle. Non... La France n'est pas encore ce champ d'ossements arides que Jéhovah montrait jadis au Prophète épouvanté : *Ossa arida siccaque vehementer.*

Au regard de la propagation de la foi, des hôpitaux, des écoles libres, des œuvres catholiques, nous ne sommes pas, au milieu de l'Europe, le vaste cimetière d'où la vie s'est à jamais retirée : *Ossa arida siccaque vehementer.*

A Ronda, ô bienheureux frère, à Rome même vos reliques suintaient du sang. C'est un symbole dont la réalité nous regarde. Oui! Nous pouvons revivre. Rendez-nous donc, ô Diégo, le sang généreux de la foi et de l'amour! Donnez à nos âmes maladives cette secousse électrique du dévouement qui se manifeste dans les œuvres!...

Rendez-nous la flamme des saintes audaces et des généreuses indignations! Mettez-nous au cœur les chrétiennes et patriotiques passions qui font les peuples grands et respectés.

Comme l'Espagne, votre patrie de sang, la France vous a fêté. Elle est devenue votre patrie du cœur. Soyez son immortel appui, soyez auprès de Dieu son protecteur toujours exaucé. Entre la France et vous, ô bienheureux Diégo, il n'y a plus de Pyrénées!

Paris. — J. Mersch, imp., 4bis, Av. de Châtillon.